地上の天の河

―私の実家片付け奮闘記―

いくこ＝著

今日の話題社

プロローグ

開けた瞬間、「見なかったことにしよう。」パタン!!

と扉を閉めたくなるような納戸や押入れ、一見片づいているように見えるその家は、まぎれもなく私が生まれ、育った家でした。

《何一つ捨てた物がない》と思えるくらいの物・物・物……五十数年分のすべてがその家には詰まっていました。

母の幼少期からの写真、娘時代（なんて古風な響き！）の少女雑誌、そして、父のヘソの緒や出征した時の雑納袋、父から母に宛てたラブレター、などなど。

そこに私と妹が生まれてから家を出るまでのすべての物が加わり、さらにそこに私の息子の写真などが加わり、それはそれはもぅー、昭和から平成まで、ジェットコースターに乗っているかのごとく、一つひとつ悲鳴を上げながらの〝実家片づけ大作戦〟。

「キャ～！ 何これ？」「ウッソォ～、こんなものまで～？」「やだぁ～、なつかしすぎるぅ～！」

騒がしいわ、涙が出るわ、読みふけってしまうわで、自分も含めた父母の人生そのものに圧倒されっぱなしの日々でした。

《男子厨房に入るべからず》を豪語していた父、昭和の典型的な父？ 夫？ とでも言いましょうか？ 家のことは母に任せっきりでした。

母は父より六年も前に旅立ち、父が旅立ってから一年、空家になってから一年。

ようやく「片づけなきゃ！」という言葉が現実的になりはじめた頃、あふれんばかりの物の量と、ホコリのスゴさに「どう考えても無理!!」と、ただボー然と立ちつくすばかり……。

仏壇や神棚は、しかるべき方にお願いして、必要なもの、使えるものだけをより分けて、あとは業者の方にお任せしよう！、と思っていました。

「お任せする」とは聞こえが良いのですが、要は「まる投げ～！」って感じ。

しかしこの家を片づけることがなかったら、けっして知ることができなかった、父母の〝生《なま》〟の姿に触れ、その後の私の人生は大きく変化しました。

近すぎて逆に何も見えていなかった親の存在、多面体である人間を親という「枠」の中に押し込んで、一方向からしか理解していなかった私、わがままだけを押しつけてきた私、思い込みって本当にコワい！ 亡くなってから初めて、一人の人間としての父母に向き合うことができました。

私は二人とも看取っていません。

母はまさか誰一人として予想していなかった明け方に亡くなり、父はこれもまさか今？ と思う時に自宅で倒れていました。

私の実家片づけ大作戦は、両親の看取り直し、二人の愛と人生を受け取る作業でした。

一人の人間としての父母に向き合うことは、イコール《自分自身と向き合う》ことであり、両親の良い所も良くない所も《ジャッジすることなくただ見ること》そして《受け入れること》が《自分を認める》ということでした。

私たちは遺伝子・DNAを通して、確実にそのご先祖からのエネルギーを受け継いでいるからです。

《絶対に片づけられない！》と思っていた私を、《片づけることが使命》とわかるまでプッシュしてくれた真言宗のお坊さんに心から感謝いたします。

《実家片づけ適齢期》の皆さま方、悩んでいるようでしたら、ぜひやってみてください!!

完璧にやる必要はありません。

サイキック能力が全開になりましたぁ〜!、とかそういう一見スゴいことはありませんが、やがて目に見えない大きなサポートを感じるようになります。

この地味で受け身と思われる作業の先に広がる、広大な風景を一緒に見に行きませんか?

地上の天の河　♡目次♡

第2章　地上の天の河
～それは諏訪大社から始まった～

第3章　本当の先祖供養とは？
～更地に吹く風～

第1章

実家片づけ奮闘記

～それはドクダミ取りから始まった～

①ドクダミって?!

みなさん、ドクダミが人の「我《が》」から生まれているってご存じでした？

そう、あの葉草のドクダミです。抜いてみるとわかりますが、根のネットワークはすさまじく、スポン！と抜けてしまう雑草とは一線を画しています。

ドクダミは中医学（漢方）的に見ると、魚腥草《ぎょせいそう》、または十薬《じゅうやく》と呼び、味は辛く、性質は微寒、効能は、清熱解毒、消痰――つまり、怒りや悩みなどを溜め込んだ体は、やがて生気を失い火がこもる。熱を持ってカッカした体は、水分が蒸発し、やがて「気・血・水」の流れが滞り、炎症を起こし、膿《うみ》や痰《たん》などの毒素が生まれ、溜まっていく。ドクダミはこの溜まった毒素を冷まして流してくれる、とても有益な実力派の薬草です。

「一年間空き家にしていた実家の庭がね、急に雑草が生えてきて、ドクダミだらけになっているの～」と私。

季節は初夏の頃、父が他界してから、季節がひとめぐりし、待っていました!!とばかり眠っていた雑草がむくむくと姿を現わしたのでした。

そこで、先ほどのお坊さんの一言！

「ドクダミは人の〝我〟だから、抜かなければダメだよ」と……

「ウソ!!」一年間放置した引け目も手伝い、

我→エゴ→業《ごう》→トラウマ

と、連想ゲームのように頭の中を言葉がかけめぐり、庭の雑草だけでもきれいに抜こう！と心に決めました。

何回かカギを開け、仏壇や神棚など行く先を決め、妹と共に必要なものなどをチョイチョイとより分けてはいたのですが、父が亡くなった虚脱感がすごくてなかなか先には進みませんでした。

やはり空家なって一年が経った家のにおいや淀んだ空気は相当なもので、あらためて家の中を見てみると、ホコリだらけの物たちが何やら語りかけてくるではありませんか？

とうてい片づけるなんて無理！　と思っていたその物たちは封印された父母の叫びのようでした。

そうです！

家の中の物たちは、家の外＝庭のドクダミと全く同じ。

ネットワークを組み、押し入れの奥の奥までギッシリとはびこり、ずーっと溜まり続けてきた《家の膿《うみ》》そのものでした。

家は熱を持ってカッカして、呼吸も出来ずに苦しくて、「早く楽にして〜！」と叫んでいました。

「光を入れて〜!!」「空気を通して〜!!」と。

そしてお坊さんが一言。

「人に頼んではダメ」
「できるところまで自分でやらなければダメだよ」
「やってみれば後からわかるから……」

開幕ベルが鳴りました。

華やか！　ではない、実家片づけ奮闘記の始まりです。

②これは私だ！　と思った瞬間、スイッチが入る

とはいえ、《途方に暮れる》という言葉がピッタリくるくらいの片づけ初日。始めよう！　と思う気持ちと裏腹、体は「何から？」「いったいどこから？」と、ただただ眺めて立ちつくすばかり……

まずは分別ゴミの袋も含めて、45ℓのゴミ袋を大量買いしました。

そして片づける時の導線を作るために、邪魔なところにあり、今後使うメドもなく、動かすことができるものを粗大ゴミに出す！　というところから始めました。あとは、全体的にサッとホコリを取る！　でした。

よし、準備ＯＫ!!

しかし、サイドボードの下まで箱入りの引き出物やら古雑誌などがギッシリ押し込まれているのを見るにつけ、気持ちは萎えてゆくばかり……。

私の中では相変わらず、

「さあ、やろう!!」⟺「無理!!」

の五分五分の綱引きが続いていました。

生前元気な頃の母はきれい好きな人で、キチっと掃除をし、洗濯し、きれいにたたんで、一つひとつキチンとしまっていました。

幼い頃の夏休みの宿題の一つ、《家のお手伝い》は毎日夕方、玄関から廊下にかけての短い距離ですが、《雑巾がけ》でした。

当時は雑巾で拭いては、バケツの中の水で洗って、しぼってまた拭くというスタイル。そういえば最近はあまり見ない清掃の風景ですね。

後年の母は、「本来の捨てられない性格」に「キチンとしまう」がプラスされたため、家の中が徐々にキチン！と押し込まれた物でギューギューになっていました。

奥へ奥へ、下へ下へ、と押し込まれていった物たちは、その存在すら忘れ去られているものばかりでした。

そして物忘れが入りはじめ、物たちは本来いるべき場所を離れはじめ、極端な話、積まれた衣類の中から多量のフォークやスプーンが出てきたり、座布団の間から災害用備蓄品だったと思われる缶詰めがガビガビに錆びて中身がしみ出ている状態で発見される、という具合。

その最たる部屋は寝室に使っていた和室でした。ここは、ヘルパーさんも入れない、家の中の治外法権区域でした。

部屋をぐるりと一周、衣類や布団などが囲んでおり、その中からフォークやノートや缶詰めなどを見た時、

「あ〜、これは私だ！」という思いが瞬間に降りてきました。

物のしまい方はその人自身を表している、と言いますが、どれだけ私は今まで表向きの良い人を演じて生きてきたのだろう……と。

「そうなのよ〜、私も隠して生きてきたのよ〜」と母の代わりに物たちが語っているようでした。

一瞬にして、母の残した物たちと私の姿が、パズルがはまるようにパスパスッとはまりあって、母は私そのものであることに気がつきました。

きれい好きだった母、見えない所に押し隠し続けてきた母。

「だってもったいないでしょ〜」「捨てられな〜い！」って……。

私はその時から一つひとつ物を手に取り、一つひとつ選別し、袋に入れてゆく作業が始まったのです。

「これは私の禊ぎ」

覚悟を決めて、一つひとつ手に取り、一つひとつ……そして一つひとつ……。

③衣・食・住の「衣」

人が生きていく上で最も必要な基本の三本柱、衣・食・住　その中の〝衣〟ほぼ布、ですね

布ですから布団も含めて、洋服から和服まで、スカーフからハンカチ・タオルなどの小物、余り布まで、家の中の布類がこんなに膨大なエリアを占めていたとは!!

押し込もうとすればけっこう押し込める。

開けるとふくれる!、布はマジックです。

「米粒一粒包める大きさの布があれば取っておく」

これは母の口ぐせでした。

戦時下を生き抜いてきた人の感覚は、使い捨て時代を生きてしまった私たちには到底及びもつかない深いものがありますが、本当に大きなダンボール2箱分の色とりどりの余り布が出て来た時は、絶句！でした。


私の幼少期の頃は学校の家庭科の授業、お裁縫でいろいろ作った記憶がありますが、「自分で縫う」というのが当たり前のことだったのかもしれません。


私も母に習いながら、マフラーを編んでいました。当時手編みのマフラーは女子の間で流行っていましたっけ。

その、私が初めて編んだマフラーも納戸の奥からちゃんと出てきました。懐しい……。

布きれにプラスして、少しずつ残った色とりどりの毛糸玉もたくさん出てきました。


そして、確か「アンダリア」と言っていた記憶がありますが、四角形や六角形の穴のあいたプラスチックのタイル状のプレートに、色とりどりのビニールのひもを通して、バッグなどを作ったりする、当時流行っていた手芸。このキットも全部出てきました。
本当に記憶の底をほじくり返している感じ。

そして着物、着物小物類。
これは布類パーツの中では、整然とたんすにしまわれていましたが、一見きれいなのですが、よ~く見るとポツポツとシミが……後年虫干しをしなくなったので、湿気にやられていました。

「え~、着物は捨てられないなぁ~、どうしよう?」

着物の前でしばし途方にくれること数日間、結局、和服屋さんに引き取っていただき、切り抜けることができました。

そして洋服類、ベビー服から父親の「どてら」までタンスや衣類ケースにどっさり、こんもりとキチッと詰まっていました。

今でもクッキリと記憶に残っている小学生の頃のお気に入りのワンピース。
白地に紺色の水玉模様で「カルピス」と呼んでいました（カルピス誕生99年、出版時加筆）。
当時は「初恋の味」のキャッチフレーズでおしゃれな飲み物でしたっけ……。
そして、写真にもかなり登場している妹とおそろいの母の手作り服。
「うわぁ〜、本当に本当にみぃ〜んな残っているんだ！」としみじみ叫びながら……。

あとは利用価値のありそうなものをダンボールにより分けて、赤十字社に送らせていただき、使いたいものや記念に残したもの、ほんの一、二品はその場で持ち帰りました。

布パーツ番外編と言うべく、意外にたくさん残っていたもの。

「箱入りのシーツ、タオルなど」

昔の引き出物はすごいです。お中元やお歳暮もです。それらがそのまま箱入りのまま、納戸に積まれていました。昭和というのは、こういう時代でした。

使いかけのタオルは〇〇商店、とか〇〇クリーニングとかのいただき物ばかりで、ブランド名入りのタオルはほぼ箱入りのまま、眠り続けておりました。ウーン、とうなりながらこれらは残しておいて後から考える部門へ選別。

そして布団、これは布類パーツの中ではデーンとかさばる逸品で、「軽くて暖かい」がスタンダードになる前の布団群は、重いわ、古くて湿気ているわ、体になじみにくいわで、これも残しておいて、業者の方に処理していただく部門へ。

そして布類に着手した時点から、みるみるうちに部屋中が小さめのバランスボールくらいの大きさの、口をしばった

《バルーン型ゴミ袋》で

いっぱいになりました。

そして、その日から、

私の《ゴミ出しお百度参り》が始まりました。

④そしてゴミ出しお百度参りが始まった

空家を「片づけていく」ということは「捨てていく」ということで、紙の裏表のようにワンセットのものなのでした。これがスムーズにバトンタッチしていかないとゴミ袋が増えていくだけで、「片づけた」という達成感、そして爽快感がうすいことになります。

しかし「捨てる」という行為は、覚悟を決めて着手したにもかかわらず、やはりどこかで痛みが伴いました。捨てられない母の子ですからね。

バルーン型ゴミ袋が出始めた頃、早く済ませてしまいたくて、一度にたくさんかかえてゴミ集積所まで運んでいました。

しかし悲しいかな……私はひ弱でした。あっという間に腰痛が出はじめ、その後は片手に一つずつ、合計二つのゴミ袋を持ち、バランスを取りつつ、ゴミ集積所までを往復する日々となりました。

しかもゴミ集積所までは、少し距離がありました。さらに「ゴミを出す！」ということは、時間帯もあり、ゴミを出すまでを一つの流れとすると、泊まり込むということも含め、空家滞在時間はググっと長くなります。

この時から私は仕事の量を減らし、ほぼ首まで片づけにはまる覚悟を決めました。思えば「ドクダミ取り」から始まって、「禊《みそ》ぎ」と覚悟を決め、何回覚悟を決め直してきたのでしょう？

一つひとつゴミ袋に入れ、口をしばり、バルーン型にし、二つ持って、一歩一歩、歩いて、置いて、戻って……また二つ持って、一歩一歩歩いて、置いて、戻って……くり返し……くり返し……ただくり返し……

父母の人生そのものを、私が生まれて育った証を、ただただくり返してリセットしていく、始めはこの作業がイヤでイヤで、疲れて疲れてしかたなかった。

しかし一つひとつゴミ袋に入れ、口をしばり、バルーン型にし、二つ持って一歩一歩歩いて戻って……をくり返しているうちに、不思議な気分になってきました。

少しずつ、気持ちの曇りが取れて晴れやかになっていくではありませんか！

《あっ、これはお百度参りだ》

って言葉が、突然降りて来ました。


これは甘〜い人生を送ってきた私の初めての修行でした。

どれだけ私は、生産性のある方向にしかモチベーションを持てない生き方をしてきたのでしょうか？

「前向き」という本人だけがその気になっている前のめりの人生。

何かしら意味づけをしなければ前に進めなかった今までの人生。

ただ、ただ、二つ持って、一歩一歩歩いて戻る。

一時、私の家族を助け、楽しませ、サポートしてくれた物たちに感謝しつつ、置いて、戻る。

ほどなく、その日の最後の二つを置いた時、ゴミ置き場に向かって、手を合わせ「般若心経」の最後の部分を唱えるようになりました。

あたりを見回し、不審に思われない程度に短かめに（笑）

「ギャーティギャーティ　ハラギャーティ……」

次第にゴミ置き場に向う途中の道の角の電信柱の前に「だれか、いるな～？」と感じるようになり、あいさつしたり、「どなた？」って聞いてみたり……。

ちょっと先に貝塚という地名があるので、このあたりは昔、縄文・弥生の頃？は集落だったのでしょう。

この土地にずーっと住んでいらっしゃる精霊さんでしょうか？

「私はこの土地に育ちました。今までありがとう！　どうぞ、上るべきところに上がってください」

微力ながら、思いを込めて祈りました。

⑤写真は私の人生のコマ送り

「母に抱かれている、生後まもない赤ちゃんの私」

「生後まもない息子を抱いている母になった私」

この時を隔てた二種類の写真が、当たり前のように同じ場所から出てきました。

母は「二十四歳のお母さん」で、私は「四十一歳のお母さん」ということと、「白黒」と「カラー」という以外は同じ、初々しい？ 初産の母子の写真、初めて並べて見た二枚の写真。

息子は父母にとってたった一人の孫でした。母は会うたびにたくさん写真を撮ってくれましたっけ……かわいくて……自慢したくて……。

「赤ちゃんを育てる」というのはやってみて初めてわかりましたが、体力的にも精神的にもかなりのハードワークで、この時初めて母の偉大さを知り、しみじみ感謝の念がわき上ってきたことを思い出しました。

話はそれますが、産後初めて仕事に復帰した日、忘れもしない地下鉄「虎ノ門駅」でした。育児の日々とは別世界の「娑婆《しゃば》」とでも言いましょうか？

忙しく行き交うたくさんの人々を目の当たりにしながら、

「どんな境遇の人でも、必ず、夜中も含めた一日数回のおっぱいやミルクを与えてくれた人がいたから、ここを歩いているんだなぁ～」と。

みんな一人で大人になった顔をしてるけど、実は大人にしてもらったんだ……と。

駅にいる一人ひとりが涙が出るくらい愛おしく思えましたっけ！

何といっても人ひとりが出来上がるには、人の手がかかっているのです。

「手塩にかける」ってそういうことね。

何度も言って恐縮ですが、「何一つ捨てたものがない」ような家でしたので、もちろん写真も、私が置いてきたものも含めて、ゼーンブの年代が出てきました。

そしてそこに息子の写真もプラスされていたわけですね。母は多めに焼き増ししてしまった写真も全部残していました。

「人は亡くなる前に、自分の人生の映像を映画のコマ送りのように全部見せられる」

と言われています。

まさにそんな感覚。

記憶の奥深くに置き忘れていたその年代、年代の自らの姿が見事に蘇ってきました。

「私ってそういえばこんな子どもだったんだ」

今現在「私ってこんな人」と思い込んでいる自分とはずいぶん違う自分の姿が立ち上ってきました。

「人生に迷ったら、子供の頃を思い出してごらん、そこに答えがあるから」

うん、本当にそう。

瑞々しく愛おしい、子どもの私。

この時期に出逢えたことは本当に大きかった。

思えば遠くに来たもんだ！

なんて、長く生きてきちゃったんだろう？


思った通り、写真の整理はどえらく時間のかかる作業でした。


また少し話はそれますが……。

ＸＯ《エックスオー》脚に悩まされている私。七五三の三才の時の写真の脚がま～っすぐできれいに膝《ひざ》が並んでいることに気付き、もしや？と思い中学時代の体育祭の写真を探し出し、ブルマーから伸びている足を恐る恐るみると、見事なＸＯ脚に変型しておりました。

「なるほど～、すでに十代の始めには無意識下にある体の使い方のクセが発動していたわけね」と。

この忙しいのに、何の検証をしているんじゃ！と思い、昭和の家並みに、ハリスガムの看板に、初めて家族で行った東京タワーに、ビキニの人が一人もいない海水浴の写真に、郷愁を感じながらの作業でした。

そして全部の片づけが終わった後の私は

「あ〜、一度死んだわぁ〜！」でした。

コマ送りで全部見せられて、
本当に一回、終わってしまいました。

「今後の人生は、余生だわぁ〜」なんて……。

しかし！そんなに甘いもんではありませんでした（笑）

⑥写真は私の人生のコマ送り〜番外編〜母の写真

思えば私は、父母の結婚式の写真を、一度も見せてもらった記憶がないまま、大人になっていました。

「〇〇神宮でやったのよ〜」とか聞いていたので、それで良かったんですね。

その写真はアルバムに貼った写真や、写真屋さんの封筒に入った写真などがまとめて置いてある場所とは、全く違う所から出てきました。

その写真は、厚くホコリをかぶったおせんべいの箱の中に乱雑に入っていました。もちろんアルバムには貼ってありません。そしてその中の花嫁のお仕度が出来上った時の、母のワンショット写真に、目がクギ付けになりました。

きつく結んで歪《ゆが》んだ口元、少しの笑みもない目元、それは花嫁衣装にはとうてい似つかわしくない、硬い表情をしていました。

ほっぺがアンパンのようにピチピチしているので、それがかえって痛々しく感じられました。

そして、さらに結婚式の日にちに、目が点になりました。

妊娠五ヵ月の花嫁でした。

そのお腹には私がいました。

戸籍謄本をひっぱり出して確認しましたがやはり入籍日はこの日になっていました（ひょっとして結婚式だけ後からやったかもと思った）

世間体を何よりも気にし、世の中のスタンダードから外れない生き方を良しとしていた母、そんなイメージを持ち続けていた私にとって、これは衝撃的なことでした。


時は昭和三十年代の始め、それも父の父母兄弟がいる中に嫁に来た母……どんな気持ちで結婚式をしたのでしょう？


そもそもお腹に赤ちゃんがいたって、望んだ結婚であれば、時代背景がどうであれ、花嫁は幸せな顔をしているのではないでしょうか？

そもそも母にとって私は望まれていた子だったのでしょうか？

そう考えると思い当たることが多々ありました。同じような映像の金縛りに何回か会っていて、必ず鬼の面の裏に母の顔が現われていましたっけ。

かなり強烈な記憶ですが、私ものんきな子でその時は深く考えてもみませんでした。

一枚の写真は池に落ちた一しずくの雨粒のように、心の中に大きな波紋を広げていきました。


ここで私の父母に対する思い込み（そう、あくまでも私の思い込み）が、雪崩《なだれ》のごとく崩れていきました。根底から、と言ってもよいくらい……。

世間体のワクの中で、一見波風の立たない家、が私の育った家だと思ってきました。父母の口からはそういう言葉しか聞いたことがなかった……本音を聞いたことがなかった……私はそんな父母にことごとく反発してきたと言えます。


しかし！　ひょっとして母が普通の幸せそうな家庭を必死で演じようとしていたから、そう見えていただけなのかもしれない、と……。

今さらながらの認識のドンデン返しででした。

もう何言っているのよ～、私が勝手に父母に対し《普通》ってレッテルを貼っただけじゃん!!

そもそも普通普通って言っていますが世間で言う普通って何なのでしょう？　多数派の中に身を隠す「隠れ蓑《みの》」なんじゃないのか？「私は普通の人ですから～」は、一見謙虚に映りますが、ある面「多数派のおごり」ではないのか？

本当の普通って普遍につながるもので、良いも悪いもそぎ落としてそぎ落としていった先に現れてくるもんじゃないのか？　と……。

どこに向けていいかわからない、いろいろな思いが私の中に充満していきました。

「ねェ～お母さん、私がお腹にいなければ、父とは結婚しなかったんじゃないの？」

「私の生き方を応援してくれているって思い込んでいたけど、本当はいいかげんにしろ！　って思っていたんじゃないの？」

今さらながら、聞いてみたいことだらけの私、でした。

⑦人の形・動物の形をした物たち（人形・ぬいぐるみ・こけしなど）

「人形供養」をお寺でやっていただける所も増えました。昔より、埴や銅像、おどろおどろしいものでは藁人形まで、人の形をしたもの、生き物の形をしたものには、「精霊が宿る」、と言われています。

母一人、娘二人、三人の女が残した人形やぬいぐるみ、飾るものではひな人形から日本人形まで、そこに父、一人の男が残した会社の慰安旅行のおみやげに購入したこけしたちが加わり、それはそれはおびただしい量の人型、動物型の物たちが勢揃いしました。

何度も何度も言って本当に恐縮ですが、

《何一つ捨てたものがない！》と思われるような家でしたので、遊ぶものでは「キューピーさん」から「ダッコちゃん」、飾るものでは「福助人形」から「だるまさん」まで、そこには昭和の香りがムンムン立ち込めるものであふれていました。

女の子としては、何と言っても着せかえ人形「タミーちゃん」当時（一九六二年）、アメリカから「バービー人形」というほっそりとスタイルの良いスーパーモデルのような人形が入ってきて人気を呼んでいましたが、そのすぐ後に出てきた、もう少し身近な女の子風な「タミーちゃん」に私達姉妹はすっかりはまってしまい、妹とよく一緒に遊んでいました。

納戸からほじくり出してきて、すぐに「あっ、こっちが私の!!」とわかるくらいタミーちゃんは一人ひとり顔が微妙に違っていて、こんな my one and only な所も魅力の一つでした。

現在ではバービーやタミーちゃんの数年後に発売された「リカちゃん人形」が代表選手ですかね。

そんな遊ぶものの人形に加え、戴きものも含めた「ぬいぐるみ」、飾り物の代表選手の「ひな人形」「日本人形」（ケース入り）「母の手作りの多種類の人形」、「修学旅行や父の慰安旅行のおみやげのこけしたち」など。

そのこけしはずーっとサイドボードの右奥に位置していたように記憶しています。細々《こまごま》した小さなこけしたちの中に混ざっていました。まさかそれが特大サプライズになろうとは、誰が思っていたことでしょう？

小ぶりで木彫の下田みやげのこけしで、ほっそりとたおやかな女性でした。（ちょっと母に似ている⁉）

何と、そのこけしの底には、日付と父と母の名前が書かれていました。

「ウッ、ウッソォ〜〜‼」

ラブラブの頃の二人は、こんなものを残していたんですね〜。

さすがにハートマークは書いてありませんでしたが、間違いなく父の筆跡で、あの不器用で朴念仁《ぼくねんじん》だと思い込んでいた父が、こんなことをしていたのォ〜⁉と。

今の若者と全く同じ。

綾小路きみまろさんの声が響き渡る！

「あ〜、あれから五十数年‼」

この家を片づけていてじわじわと私を浸食していった言葉は、《夫婦って何?》でした。

私の知っているかぎりの父母からは、こけしの底に記念日と名前を刻印するようなラブラブの片鱗は微塵も見えず……(時代背景もありますね)。

あ〜、そこから少しずつ真に知り合っていく方向に進まずに少しずつ離れていく方向に歩き出してしまった二人。

毎日毎日一緒にいる人と正面から向き合うのは、とても労力がいります。

父は仕事で、母は子育てと家事で、疲れていますし。

そして、だ〜っとそのまま、気がつくと二人は全く違う場所に立っている。

《人間は男と女=父と母から出来上がっています。》

当たり前すぎて、あえて考えてみることはありませんでしたが、この法則から外れている人は、実は一人もいません。

そもそも、「私」と思っている一人の人間は矛盾した二つの要素の掛け合わせなのです。

そしてそして、その後、ものすごい気付きがやって来ました。

「ヤダァ～！　私が作ってしまった家庭も父母が作った家庭と全く同じ！」というものでした。

父母に逆らい、父とは全く真逆（だろうと思われる）人と結婚し、母とは全く違う人生を歩んで来たと思っていたにもかかわらず……。

確かに外側から見ると全く違うように見えますが、実は全く、同じ!!

本当に言いたい言葉を飲み込む
←
本当はお互い様なのに相手が悪いと思う
←
良い所も悪い所も認め合っていない
←
本音が語り合えていないから、たまにしゃべると変な言葉になる
←
めんどくさいから、もうわかってもらおうとは思わない

あ〜、この悪循環のサイクル！

そして次に来たのが、

「まずい……こんなコミュニケーション不足で思いやり不足の家庭の中に息子を置いといちゃ！」でした。

「父は父、母は母で個々に息子にたっぷり愛を注いでいるから大丈夫!!」って？ んなわけないです!!

親から子へ連鎖していく現象＝チェーン現象

息子のＤＮＡにもこの遺伝要素が入っているわけですから、気が付いた私がここで立ち切っていかないと息子に受け継がれちまうじゃないですか！

この気付きは本当にデカかった!!

「まあ、いいや」ではなく「本気で心を裸にして大切な人と関わる」のです。

私が変われば、自然と息子も変わる、

残りの人生、唯一私にできる息子へのプレゼントです。

人形、ぬいぐるみ、こけしたちは、先に登場した真言宗のお坊さんにお線香とお経で供養していただきました。

昔は、庭や道の辻々で、よく焚き火をしていました。

♪かきねのかきねのまがりかど、たきびだ、たきびだ、おちばたき〜♪

今はダイオキシンの問題や火事の危険性などで、町中では焚き火ができなくなりました。燃やせるものは自らの手で燃やして供養したいところですね。

少し残念です。

⑧本・ほん・ホン・そして煩《ぼん》

本の重さったら、もう大変！

情けないけれど、本当に私はひ弱でした。

一冊一冊、適当な高さまで積んでは、ヒモでくくる、この果てしない作業……。

重いし手間はかかるし、母から

「本を踏むとバチが当たる。本を枕にすると頭が悪くなる」

と言われて育ったので、無意識に丁寧に選別しようとしてしまう私。

ところが本に着手した瞬間、頭がどんよりと重くなり、半ば思考停止状態での作業。


幼児期の絵本『三びきのこぶた』『めばえ』『オバケのQ太郎』など。

少年少女文庫の『あしながおじさん』『ドリトル先生』シリーズ『だれも知らない小さな国――コロボックル物語』などなど。

コミック本では『エースをねらえ!』『アタックNo.1』など。


学生時代にはまった田辺聖子さんの本など。

そしてなんと、小・中・高校のすべての教科書×2（妹分）
何度も何度も何度も言って恐縮ですが、本もほとんどすべてが残っていました。
そこに父の仕事関係の厚くて大きくて重～い本が加わり、母の趣味の本やら、別冊太陽のような教養本やらも加わり、何と表現したらよいのでしょうか?

本の重さと、何よりもその膨大な活字の量と、情報の量にすっかりやられてしまい、身も心も重た～くなりつつ、ヒモでくくりまくり続け、気が付いた時は指先がヒリヒリに……。

でも不思議なのですが、本を全部片づけ終わった時、頭の中のモヤモヤした霧が晴れ、スッキリ！しました。

目も見えやすくなり、身も心も軽やかに……。

この時私は、後年の母の頭の中の状態がはっきりと理解できたのでした。

母は前向きに生きようと、栄養のこと、体のしくみ、化学物質や環境ホルモンのこと、心の問題など一生懸命情報を集め、勉強していました。

そんな中で、自分がＯＫ！を出したものだけを取り入れていけばよかったのですが……

後年の母は《情報の海の中でおぼれているようなもの》で、何が正しいのか？訳がわからなくなっていたのだと思います。

感情も同じ。後年の母は《出口のない感情の海の中で、おぼれているようなもの》で、何が本音なのか？　わからなくなっていたと思います。

物も同じ。後年の母は《物に囲まれすぎた家の中でおぼれているようなもの》で、そこから出ていくことも、そこでくつろぐこともできなくなっていたのだと思います。

物を溜め込む↓頭の中の感情の整理ができにくくなる↓まだまだ溜め込む↓どんどん言葉にならない思いが体の中に溜まり続ける↓体の中の「気・血・水」の流れが滞る↓体がカッカと熱を持ってくる↓毒素が溜まっていく⬇　ん？

どこかで聞いたフレーズ!!

そうです。ドクダミの効用です。

庭のドクダミは、《母に必要な薬草》でした。

この悪循環の中で、母は少しずつ「忘れる」という形で手放していきました。

なぜ、こんなに物だらけなのか？

幼少期に両親を亡くしてしまった母が、「作りたかった家庭」とは何だったのだろう？

大和なでしこ的な日本型の固定観念、妻・母観。

そして戦争という時代、物のない時代をくぐり抜けてきた人々の共通の根深い思いが、重低音のようにズーンと響いてきました。

そのチョイスが正しかったかどうかはわかりませんが、選り分けた本は、古本屋さんへ。いくらか手元に残し、あとはすべて分別ゴミの日に出させていただきました。

ゴミ収集員のみなさま、毎週たくさん出してごめんなさい。

本当にありがとうございました。

⑨紙・かみ・カミ・そして手紙

「紙」……衣・食・住のような絶対必要な基本パーツからは外れていますが、紙は文明、文化を支えてきたエースのような存在。

今は新聞も本も手紙も辞書もペーパーレスになり、電子版に取って代わられていますが、昭和に生きた実家は紙だらけ……。

新聞のスクラップから、雑誌、ノート、手紙、その他郵便物、学校に通っていた頃のノートや作品群、その他何かしらの膨大な資料……。

手書きの文字や、古い活字体などが妙な郷愁を誘いました。

パートⅠ「母宛ての手紙の束」

そして、その手紙に清書して返事を書いて送っただろうと思われる手紙の下書きの束。

母は手紙の下書きまで全部取ってありました。

捨てていない！　これには本当に参った！

思いがずーっとそこに残り続けているってこと。

「この人はどんだけの思いを内側に溜め込んで生きていたのだろう？」

母という人を知れば知るほど、圧倒される思いがするのですが、往復書簡として保存されていたおかげで、双方向の手紙でのやりとりが手に取るようにわかりました。

片づけもここまで来ると、ドーンとキモが座わってきていまして（前向きな開き直り状態ですね）、どれだけ時間がかかろうが、母という一人の女性に対する尽きない興味にひるむことなく読破していくことになります。


昭和三十年代の始め、母は長男である父のもとに、父の父母兄弟がみんなそばに住んでいるところに一人（当たり前ですが）嫁に来ました。

ま、簡単に言えば一族の中にポツンと異分子が放り込まれたような感じだったのでしょうか？

義理のお姉さんや妹さんからの微妙～な駆け引きが書かれた手紙も残っていて、もう、もう、本～当～にビックリ!!　まさに女の敵は女!!

私は能天気な子どもだったようで、このおばちゃんたちは大好きでしたし、母の柔和な物腰にすっかり惑わされて、女同士の軋轢《あつれき》に、全く気が付いていませんでした（というのは顕在意識の領域で、深い所ではちゃんと受け取っていたのでしょうね）。


母は七人兄弟の末っ子で、幼少期に両親を亡くしています。

親代わりのようなお兄さんからの手紙、お姉さんへの手紙も、たくさん出てきました。

当時は姉妹であってもその時代の常識の上に立った言葉がけが多く、

「あ〜、これでは母は救われないなぁ〜」と思い、気が付くと涙がとめどなく流れていました。

妹のことを思えばこその言葉なのですが、

「そうかあ〜、それは大変だね〜、つらいでしょう〜」って、ただただ「共感」してくれる言葉があったならどれだけ母は救われていただろう、と平成末期に生きている私は思ってしまう。

当時、「嫁に行く」とはそういうものだったのかもしれません。

たかがこの六十年くらいの間に、ものすごいスピードで時代は変化していました。

「ごめんね、ごめんね、私がそばにいながら少しもわかってあげられなくて……」

涙と鼻水でグシャグシャになりながら、ひたすら手紙の中の母に謝っている私がいました。

良い妻、良い母、良い家庭を必死でキープし続けて、もう、一杯いっぱいになって、母はこの世を卒業していきました。

何度も言って恐縮ですが、どうしても行き着いてしまう思いは、《夫婦って何だろう?》でした。母サイドに立てば、父がフォローしてあげればよかったんじゃないのォ?と。(たぶん父もどうしてよいかわからなかったのでしょうね)

毎日一緒に暮らしている人が、何に喜び何に苦しんでいるのか?無頓着のままクセのように、ただ毎日一緒に生活していていいのか?

《あっ、これはすべて自分自身に言っている!!》

私は父母を通して、すべて自分自身に問うているのでした。「あなたはどうしてそんなに無頓着のフリができるの?」

《夫婦は合わせ鏡、そして親子も合わせ鏡。》

でもね、母亡き後、父が朝お仏壇のお世話をしている姿を見て、びっくりした記憶があります。

母のやり方にそっくり！　もちろんかなり大まかなんですが、こだわりどころがまさにそのまま……。

恐いですね〜、コミュニケーションが取れていないのに、一緒に暮らす人同士は無意識の部分でめちゃくちゃ影響を受け合っているってことです。

パートⅡ「母宛ての《父のラブレター》」

時はグーンとさかのぼって、父母が結婚する前のお話。

母は二通のラブレターをちゃんと取っておいたのです（たぶんどこに入れたかは、全く忘れていたと思いますが……）。

サイドボードの片隅に見つけた二人の名前入りのこけしに続き、朴念仁《ぼくねんじん》で、横のものを縦にもしないような（ある意味、ものぐさな、と思い込んでいた）父でしたから、

も～本～当ぉーに、

「青天の霹靂《へきれき》！」「真夏のサンタクロース！」「真冬のかき氷！」

それはそれは一〇〇メートルくらい後ろに吹き飛ばされたようなすさまじい衝撃でした。

「愛しい〇〇子さん！」という言葉は、当時のラブレターの定番フレーズだったのでしょうか？

ものすごい情熱で母にアプローチしておりました。

また綾小路きみまろさんに登場していただいて恐縮ですが、「あ～、あれから五十数年！」

「あ～、どんな二人にもラブラブの頃があった」

仏壇の父の写真を、ポケっと眺め続けてしまった私……

それにしても、二人は大胆です。

もちろん残してあることすら忘れていたんでしょうが、こんなに見事に何から何まで残して去っていって、いったい誰が片づけると思っていたのでしょうか？

私の教訓としては、身体と心が元気なうちに、自分の持ち物はコンパクトに片づけておいて、息子がなるべくぶっ飛ばないように選別しておこう、と堅く心に誓いました。ハイ。

こうやって一つひとつ、父母が残していったものを手にし、そして今、文章に綴っていくうちに、父母の良いところも悪いところも、いつのまにかすっかり私の腑に落ちていることに気がつきました。

そしてたまらなく父、母がいとおしい存在となりました。

この静かで安らいでいる感じはちょっと言葉にできません。

私は父母のものを片づけながら、自分の中の余計な想念（不安、恐怖、怒りなど）を一つひとつクリーニングしていたのでした。

自分の良いところも悪いところも、見せられた、と全く同じことなのでした。

ひょっとして私はやっと、ここからが本当の始まりなのかもしれない……と。

⑩紙・かみ・カミそして神

紙シリーズその2
書く……書いて残す
書いて生理する。記録する。作品にする。思いを伝える。歴史を伝える。
紙、やはりあなたはすばらしい!!

パートⅠ「父の手帳」

父は、私が物心ついた頃より、ほぼ毎日その日にあった出来事を小ぶりの手帳にメモすることを日課としていました。

感想や感動を含まない日記のようなものですね。

これらの手帳は、引き出しから何冊も束になって出て来ました。しかし……

その手帳は、まったく別の場所、洋服ダンスの中から忽然と一冊出て来ました。

昭和三十二年、私が生まれた年の手帳でした。

え？ なぜここに？

はやる気持ちで、ゆっくりと私の誕生日のページを開けてみると、そこには私が生まれた日のドキュメントが簡潔に書かれていました。

陣痛が来始めた母は、お向かいの奥さんに協力してもらい、病院に向かった旨。会社に連絡が入る。

……そして夜中（11：53出生）「産まれた！」という知らせを受ける。

「小生、父となる」

この事実のみを書き付けた言葉「小生、父となる」

この一言に父の喜びと責任感があふれていました。

私は体中に温かいものがドォ～っと流れ込み、しばし動くことができませんでした。

そして息子が産まれた日のことを思い、息子が天からのギフトであったように、私もギフトだった瞬間があったのだと……。

「命のリレー」

肉体をもらってこの三次元で生きるチャンスをいただいたご先祖様への祈りにも似た感謝の念。

パートⅡ　「たくさんありすぎて、その他モロモロ」

(1)私と妹の母子手帳……これは比較的、残っている可能性が高いものですね

(2)幼稚園からのすべての卒園、卒業証書、および賞状

(3)小学生からの全くたいしたことのない通知表（笑）

一年間は三学期まであったので、けっこうな数。

そうそう中二の時、担任の先生に逆って、成績下げられたんだっけ〜、この勇気は今の私にはない。残念ながら……。

(4)幼稚園の頃の父母のにがお絵……ヘタクソだけど、ていねいにいっしょうけんめい書いて

いる。このじっくりした丁寧さは今の私にはない。残念ながら……

(5)小学時代の夏休みの自由研究……私じゃないでしょ〜これは！と思うくらい、細かく論理的に観察している。

この整然とした論理眼は今の私にはない。残念ながら……。

(6)小学生時代の作文……タイトル「かわいいいもうと」本当に心からかわいい！と思っている感じがにじみ出ている。

今は、あまり仲の良くない会話ができない姉妹になっている。残念ながら……。

(7)書き初め……うまいヘタではなく、すごいダイナミック！筆で文字を書くのが楽しい！という感じがにじみ出ている。今の私は字がヘタだと思って書いているので、よけいにヘタになっている。残念ながら……。

(8)小学校低学年の時にもらった、大きな紙に書かれた、ありがとう！の手紙……クラスの中にみんなから色々言われてしまう男の子がいて（今はいじめのカテゴリーの中に入るんでしょうかね?)、私は、その男の子を決然とかばっていました。その男の子が、多数の人からどう言われようと、「あなたたちの方が悪い」と決然と発言していた記憶あり。何という正義感、恐いもの知らず!

これは、今の私には全くない。残念ながら……。

幼い頃に私が残したそれらの物たちは、二十才前後からの私が、「私ってこんな人」と思い込んでいた私とはかなり違う顔を見せてくれていました。

改めて、「本当の私はもっと伸び伸びとして自由な存在なんだ」と知るに至る。

生きていく間にどれだけ社会の仕組みや人間関係にからめ取られて自信を失い、自らの「生きたいエネルギー」を削り取ってきたのだろう?

勝ち負けの競争原理の中で、人が作ったちゃっちい価値感のワクの中に自分を押し込んで、がんばろう、として来たのだろう?

「力が抜けてくる……おなかの底から笑いがこみ上げてくる」

「そ~よ~、それをわかってもらうためにゼーンブ残しといたのよ~」

天からの母のゆるやかな声

まさか？　ってイヤひょっとして、父母は私にこれらのことを知らせるために、ゼーンブ残して旅立って行ったのかもしれない……。

⑪衣・食・住の「食」

人が生きていく上で最も必要な基本的なもの、衣・食・住の「食」

まずは箱入りのまま一度も使われていない、真新しい食器たち。

衣食住の「衣」の布パーツでも触れましたが、昭和の時代の冠婚葬祭の引き出物、お中元、お歳暮はほ～んとに豪華だったようで、「物」を持つことがステータスの時代だったのでしょうか？

「衣、食、住」を基本に考えた場合、今の時代は多くは「別になくても生きていけるんだけどォ」っていう物たちに使われるお金で経済が循環している気がします。

余禄が多すぎたというか……物を生産しすぎたというか、ツケが実家の片づけにも端的に表われていました。

お宝鑑定に出せるようなすごい物は全くないのですが、

・コーヒーカップ&ソーサー五客組
・スープ皿&銘々皿五客組
・ケーキプレート&大皿セット
・紅茶ポット&ティーカップ五客組
・ホーローナベ、片手・両手持ちのセットなど

単品では、花びん、灰皿、ホットプレート、保温プレートなど

これらは残し、後から対処する方に選別。

そこに「もったいない、捨てられない」母でしたから粗品の湯のみ茶わん、マグカップなどもちゃんと箱入りのまま、出てきました。

昭和の時代のキャラクターや東京オリンピック記念品、駅ビルオープン記念の湯のみなど、なつかしいものも多々あり、そしてそこに普段使いの食器たちが参戦。

何枚組かのカレー皿も、一枚〜二枚〜三枚〜と割れては消えていって、一枚だけ残っている種々の柄のカレー皿。

母がすごーく気の入っていたにもかかわらず、欠けてしまったサラダボールなど。

捨てていないんです！　そのすべてが……。

これは使いそうなものだけを残し、あとは業者の方に処理をお願いするものに分類しました。


そしてほとほと手こずった保存食品たち。

いわゆる梅酒のたぐいですね。

台所の流しの奥、冷蔵庫の奥などに少さいものではインスタントコーヒーのびん、そして一升びん、そしてホワイトリカーなど、おびただしい量が出てきました。

ほとんどが茶褐色の物体に変身しているので、いったい何を漬けた物なのか、全く分からない。

日付だけが丁寧にセロテープで貼られていました。

母はこれで安心して、すっかり一つひとつ忘れていったのでしょうね。

そしてその一つひとつの中身を出していくのですが、一升びんが一番手こずりました。

口がせまいので、なかなか出てこない……

だいたい父はお酒を飲まない人だったので、どこからこんなに何本もの一升びんを調達したのでしょうか？

「ウーン、これはもとレモンの皮かな？」などと思いつつ、その匂いのすごさに参りながら、長い菜箸などでほじくり出していきました。

「ゴミ出しお百度まいり」の次に、これも修行かも～と思いながら……。もと食べ物を捨てていくのは、本当に申し訳ないと思いつつ……何て豊かな時代だったのでしょう？　と思いつつ……。


人は生きているだけで汚している存在。

一日の体の汚れを流したシャワーの水、吐いた息もそう……。

家に残されたものたちを目の当たりにするにつけ、「本当の豊かさ」とは何だろう？と思ってしまう。

結局循環していかないものが残ってしまうわけで、そりゃゴミ問題が出て当たり前だよなぁ〜と。

この家を片づけていく中で、一気に駆け上っていった昭和の時代と一緒になって駆け抜けたような疲労感がプラスされ、この段階でドロのように疲れていました。

⑫衣・食・住の「住」

実家のある場所は、昔から「水害」が多い地域でした。小さな川がすぐ近くに流れており、台風などになると、よく水があふれていました。

小学校低学年の頃でしょうか？

台風で大雨となり、「いよいよ床上浸水か!?」という所まで来ました。

家具をなるべく床から離して積み上げ、押し入れの上段に物を押し込みました。

当時、やっと建て増しをして、一間《ひとま》しかなかった二階に近所に住んでいた親戚一家五人が避難して来て、六畳一間に私の家族四人と共に九人で雑魚寝した記憶があります。

翌日、たぶん市役所の方が舟に乗って庭から忽然と入ってきて、避難物資の食料や毛布などを配りに来てくれました。

（この毛布は押し入れの奥の奥の方にちゃんとありました。ニッケマーク入）

一晩にして、いつもの風景が大海に浮かんでいる景色に様変わりし、電線が手が届くくらい近くにあったのを不思議な気分で眺めていました。まさに異次元空間!!

舟が庭先に入ってきた光景は、そこだけ切り取った一枚の写真のように、クッキリ記憶に残っています。

余談ですが、私は台風が来ると、ワクワクして居ても立ってもいられなくなる子どもでした。

雷がゴロゴロ鳴ろうものなら「キャア〜!」と叫び出す始末。

床上まで水が来そうになると、はりきりまくって母を手伝い、数日後には必ず熱を出して寝込こんでいました、ハイ……。

その水害ですが、私が実家を出た後もしばらく続き、床上ギリギリまで来たことがありました。

（現在は治水されていて、大丈夫です）

家中の床は、プカプカになってはがれ、めくれていましたが、家中の床を直すということは一時、家を離れなければなりません。

父母は、年令的にしんどくなったようで、浮いた床板の上に敷物を敷きまくってやり過ごして来ました。

やはり「家が水に浸かる」ということは、あちこちの組み合わせの関係が狂ってくるようで、

開かずのふすま、強力にひっぱらないと開かないドア、押し込まないと閉まらない扉、など、全体的にキシキシ、ミシミシの家に変身していました。

しかし両親はなぜ、こんなに水害の多い土地に家を構えたのでしょうか？

それは後になって判明していきます。くわしくは第二章で！

「住」の話でもう一つ。

「廊下の開かずの雨戸」……これは水害で開かなくなったのではなく、母が絶対に開けなくなってしまったものです。

ここを開けてお日様の光を入れるということは、家の立場からしてみると、地下の座敷牢に光を入れる、に等しい状況だったろうと思います。

開けた瞬間、ナナメに光が差し込み、奥の和室までスポットライトのように、スーッと光のラインができました。

その光はちょうど、母が他界した後に、父が一人で寝ていた場所めがけて、まっすぐに差し込んでいました。神様は粋な演出をしてくれます。

「お日さまのスポットライト」

「うわぁ〜すばらしい!!」二人の人生のステージに拍手!!

涙・涙のスタンディングオベーションでした。

そして何と、私の後ろに観客がたくさん控えていました。

おじいちゃん、おばあちゃん。そのまた、おじいちゃん、おばあちゃん、ふり向くと、二階席までぎっしりととめどなくつながっていく人々。

みんなでもう一度、スタンディングオベーション!!

⑬衣・食・住の〝住〟番外編……〝庭〟

住の一部である庭、棚を失なった藤の木のつるのお話

実家の庭は、猫の額ほどしかありませんでしたが、藤の花が大好きだった母は、小

さな藤棚を作って楽しんでいました。

なぜその藤棚を外してしまったのか？ は定かではありませんが、気がついた時はなくなっていて、よーく見ると行き場を失なったつる達がありとあらゆる所に巻きついていました。

（お隣りまで遠征しておりました。ゴメンナサイ……）

これもお坊さんのアドバイスで外した方がよい旨。植物のつるは人の意識と密接に関係しているらしい。

私は常々、つる物はドクダミに匹敵するくらいものすごいエネルギーの持ち主だと感じていました。巻きつきたい目標に向かってグーンと伸びてゆくさまは圧巻で、強烈な意志を感じます。自分に元気がない時は、見ただけで気持ち悪くなった記憶があります。

（それは雑草系のつる物だったので、エネルギーが満ちすぎていて吐きそうになりました）

だがしかし、植物には人間の目に相当する器官がない……。ではこの意志はどこから来るのか?

私は人間よりも植物や昆虫の方がスゴい!と思うのはこんな時です。

人間は見て、触って、味わって、聴いて、匂いを嗅いで、自ら動いて、こんなにたくさんの器官と機能を持っているのに、何をしとるんじゃ!!と……。

何一つ、ちゃんと適正に使えていないのが現代の人間なんですねって、自戒を込めて……。

巻きつかなければ生きて行けない、だからひたすら巻きつきに行く!わかりやすい!スゴイ!

話は大幅にそれましたが、

この藤の木のつる、かなり高い所まで巻きついていたので、お坊さんにお願いをして外していただきました。

と、ここで終わればそれだけの話なのですが、その後の私の身体に大きな変化が現われました。

「あれ？ 私、何で自分で自分を縛りつけていたんだろう？」
「だれも、（ダメだ）なんて言っていないのに、自分で自分を内側に引っ張りこんでいた気がする……」

と突然そんな感覚がやってきて、体の力がスーッと抜けていって、解き放たれた気分になりました。

そして一気に色々なパーツが、謎解きのようにパスパスパスッとはまっていき、

私は長年、《母に縛りつけられていた》ことを知りました。

母は言葉でも態度でもいっさい私を否定したことはありませんでした。

のんきな私は、母という役割をしている人を信頼し切り、心の底から応援してくれていると思い込んでいたのです。

母の本当の思いに、気づくことすらありませんでした。私は母が「そうしたかったこと」を伸び伸びとやってしまっている娘でした。

（少なくとも母には「伸び伸び」と映っていたのでしょう）

強烈に私がうらやましかったのかもしれない……と。

自分ができなかったことをやってもらいたい！ と思う反面、どうしてあなたはそんなに好きに生きているの？ と……。

母は一人の人間、一人の女性として娘の私を前にして、ずーっと戦っていたのですね。

そしてそれは、母の花嫁写真を見つけた時、ひょっとして母は私がお腹にいなければ、父と結婚していなかったのではないか？ というなかば確信にも似た思いとオーバーラップしていくのでした。


ん？ でもちょっと待てよ！

本当は母にだって「それ、やっちゃダメだよ！」なんて、だれも言っていない。

一般論として、いろいろ言う人は星の数ほどいれど、行動した自分に責任が取れるならやってよいはず……。


結局母も自分で自分を縛りつけていたのではないか？

あ〜、つまり、母はそれと気付かずに、そのまた母（私にとっては祖母）に縛りつけられていたってことね。

「藤の木のつるはその象徴としてこの庭に現われました」

チェーン現象
つながっていく鎖
支配の鎖
DNAってこういうこと?

よかった! 私は今ここで気が付いたからこの遺伝子をOFFにしていきます。

自分を封じ込めず、奥底から湧いてくる自らのエネルギーを伸び伸び開放していってよいんです!!

私にこの役割をさせるために、この家を片づけさせられたことが、その時はっきりとわかりました。

世代を超えた、こんなにこんなに大きな力が働いていることに畏敬の念を込めながら……。

「そして私は母を全力でハグする」

どれだけ私は、当たり前のように母の愛を受け取ってきたのだろう？　ごめんなさい……。

愛してくれてありがとう！　私を産んでくれてありがとう！　あなたを愛しています。

「抱きしめる肉体はもうないけれど……」

肉体から解き放たれた母は、今日も私の回りをちょうちょのようにヒラヒラと舞いながら、全力サポートしてくれています。

藤の花は母の花、癒しの花

⑭下島家郷土博物館〜捨てられない家に残っていた昭和の品々

ジャンル分けはできませんでしたが、その他残っていた数々の昭和の品々。

●蚊帳《かや》

六畳間に家族四人がいっしょに寝ていた頃に使用していたもの。

重くてしっかりした網に、パイプが通っていて、たたんでありましたが、大きいダンボール一箱分の量があった。出てきた時は、すぐには何だか分かりませんでした。蚊帳の中に入る時は技術が必要で入り口の網をパタパタッと振って蚊を一瞬逃がしてからスッと中に入る。

いきなり入ろうものなら、母に「蚊を飼ってどうするの〜?」と言われていましたっけ!

で、毎晩、パタパタパタッ、スーっと……。

●クリスマス用のモール

わが家は、クリスマスツリーは買ってもらえなかったので、色とりどりのモールを部屋中に飾りまくっていました。幼稚園のお誕生日会の感じですね。

しかし、いつから日本はクリスマスがこんなに大行事になってしまったのでしょうか？

●ドーナツ盤・LP盤のレコードとプレーヤー

ドーナツ盤は懐かしくて参りました。

童謡は「ちんから峠」「みかんの花咲く丘」から、歌謡曲は「ブルーライトヨコハマ」「こんにちは赤ちゃん」「恋の季節」まで。

プレーヤーに針を落とす時のあのドキドキした感じ……。

●足踏みミシン

残っていたのはほぼ上だけ……足踏みの部分はどこに行ったのでしょう？

リングを手前に回しつつ、タイミングよく足踏みしていくあの感じ。

私の小・中校生の頃は確か女子限定だった家庭科の授業。

息子の時代は男子もちゃんと家庭科の授業があり、お裁縫を習っておりました。

●機械編み機

母は結婚前、編み物の先生をしていた時期があった。
太い針金のようなもので、複雑な物体を形作っていて（オブジェみたい）……。
始めはやはり何だかわからなかった。

●関東大震災でくっついて固まった古銭

これは父に一度見せてもらっていたので、よく覚えていた。ここ百年くらいでものすごいスピードで変化していった金銭感覚、国鉄（現・ＪＲ）の初乗り運賃が三十円の記憶あり。

そして地震は、今、そこにある危機。

●父が出征した時の雑のう袋

まさか？　これには心底びっくりした。
ホコリだらけにもかかわらず、思わず深呼吸して、その時代のにおいを吸いこんでいました。

袋には名前が書いてあって、中には弁当箱のようなもの、ハチマキのようなものが入っていた。

父母はこの時代を生きていた……。

●新聞屋さんからもらった粗品の洗濯洗剤

階段下のデッドスペースのもの入れ。

「こ、これはひょっとして、洗剤パッケージ柄の壁なんじゃないか?」と見紛《みまご》うくらいのおびただしい量の同じ洗濯洗剤が積み重なっていた。

母は環境や化学物質の害に目覚めてから、いわゆる生分解しないと言われている合成洗剤は使わなくなりました。

だったら、使わないいんだからもらわなければ良いものを、断われずにもらい続けていたらしい。

一回に五箱は下らない量をいただき続けていたと思うので、何十年分ですかね~?

これ以上コメントができませぬ。

一つひとつ挙げていくと本当にキリがありませんが捨てていない家というのは、それはそれはもう、「郷土資料館」に匹敵するくらい、昭和の時代を語る種々の品々に満ちあふれておりました。

⑮そしてエンディングが訪れた

華やか!!ではない開幕ベルとともに始まった実家の片づけ……到底終わることはないだろう? と思われていたそのステージにもちゃんと終わりが近づいてきました。

完璧にやり遂げることを目標にしてしまうと、ゴールのないマラソンのごとく、片づけども~片づけども~わが実家いっこうにきれいにならず……、になってしまうので、「ま、納得のいくところまではやった」という自己完結感にもとづいたエンディングです。

とりあえず、押し入れ・納戸・すべてのタンス・引き出し・かんのん開きはカラッポにしました。

手をつけていない所は一つもない！　という感じ。

「最後の一つ」のゴミ袋を出し終えた日、万感の思いを込めて、ゴミ集積所さんに「長い間ありがとうございました」の思いを伝えた所、まったく風もないのにビニールゴミ袋さんが♪シャラシャラ♪と音を出して答えてくれました。嬉しい、小さなキセキ。

そして私の《ゴミ出しお百度参り》の日々が終了。お疲れさまでした。

今後利用できそうな家具類、家電類、後から整理しようと残した写真などは、トランクルームに一時保管し、処理しきれずに残しておいた古い重い布団類、箱入りの引き出物、食器類、庭や床下にたまった植木鉢、大きな家具類などは業者の方にお任せいたしました。

処理するもの、残すもの、と細かく運び分けてくださった業者の方（エコライフサービス浅井社長様）に心より感謝申し上げます。

その神社は、家から駅に向かう方向とはま逆の方にあり、小高い丘の上にありました。

しかしこの土地にずーっと住んでいたにもかかわらず、私は一度も行ったことがないまま、この土地を離れていたことに気がつきました。

外から見ると、鬱蒼《うっそう》とした木々が茂り、幼い頃は「痴漢が出る！」という噂を信じ、母からも「お友達と一緒でも行っちゃダメよ〜」と言われていました。

駅に近いところに大きな八幡神社があり、初詣や七五三などは、もっぱらこちらを利用していました。たぶん、このあたりに住んでいらした方の多くはそうだったろう？と思います。

しかし改めて鬱蒼とした木々が茂る小高い丘を眺めてみるに、

「どう考えても、こちらが氏神様じゃないの？」と思えてくるのです。

そして今さらながら、家を出て三十年以上も経とうとしている今、初めてその神社に足を踏み入れてみよう、という気になりました。

階段を登りきった時の清々しい空気、何よりもずーっと先まで見渡せるその逃望に目を奪われました。

この土地は松の木が多く、昔は海岸だったのでしょう。この場所から海の方を眺め敵の侵入を見張り、火事の発生などもいち早くキャッチする火の見櫓《やぐら》的な役割も果たしていたことが、一目で見て取れました。

その昔、この神社こそがこの土地の中心だったのです。

駅前の神社が下界担当で、小高い丘にあるこの神社が天界担当！

離れてみて初めて知るふるさとの風景。


それから、片づけをする合い間をぬって、何回か足を運びました。

そしてその後、他の神社に行ってもそういう現象が現れるのですが、必ず「黒アゲハ」が現われるようになり、時々ヒラヒラとついてくる黒アゲハがいて、その二羽の黒アゲハは、目の前でポン!!と消えたりしました。


前をヒラヒラ舞うのが母、後から追いかけているのが父、ちょうちょは「化身」!!


そして本当にカラッポになった家。

家そのものになった家。

ギューギューに押し込まれて息もできず苦しんでいたその家は、今、そこで確かに生活していた人々の痕跡を消し、静かに休息状態に入りました。「空《くう》」……。

と、思っていましたが、さにあらず……。

玄関のカベに現われし異次元生物!!

生まれて始めて遭遇するその生き物は、

「巨大なクモ!!」


全長三〇cm～五〇cm（なんてアバウトな!）

何と言ってもその足の長さ!

とても日本のクモとは思えないそのグロテスクな形態、海外のオカルト映画に出てくるような姿はまさに「悪の化身」（タランテラ、という言葉がうかんだ）。

ストップモーションのまま、しばし見つめ合うこと数秒？　数分？

そしてフリーズした時、一瞬にしてすべてを理解しました。

この家の「主《あるじ》」はこのクモでした。

この家に住む人の業を吸いつくし、栄養にし、何十年もかけてこの姿に成長しました。

このクモは父、そのものでした。

男性でも女性でも人は必ず自分の中に女性性と男性性の両方を持っています。

父はこの男性性を主に使い、戦後の高度経済成長期時代を生き切りました。

「男子、まず家族を養う」この基本に忠実に誠実に生きたのです。

しかしもう片側の女性性をすっかり置き忘れていました。

母は母で「大和なでしこ的女性像」にからめ取られ、本来の女性性が持つ、おおらかな生命力を失っていました。

男性性が社会性・論理性・行動であるのに対し、女性性は自然・調和・受容・共感など、生命力そのもの。


私個人としては、女性性は《自分が本当はどうありたいか？という大元のエネルギー》で、男性性は《それをどう行動に移していくか？というエネルギー》と捉えるのが好きです。

これで一人の人間!! って感じがして。

その一人の人間（父）の中のバランスの片よりがそのまま父と母のバランスの片よ

りとなって表われていました。

そして男と女という最小単位の人間関係の歪《ひず》みが、今私たちが体験している社会全体の歪みとなって現れているように思えてなりません。

今、世界は「このまま進んでも明らかに無理ですぅ～！」っていうところまで来ています。

まず、一人ひとりが一番身近な人とちゃんと出逢い、結んでいく必要があります。

お互いの違いをわかりあった上で共存していく感じ。

「あなたはそうなんだぁ～」「私はこうなんよ～」って！ まったくかすってもいない人間関係は、関係ではありません。

それにはまず、一人ひとりが自分の中の男性性と女性性を結ばなければなりません。

まず「自立する」とはこのことでした。

愚かな私は、経済的自立が「自立する」ということだと思っていました。

本当の大人とは、男性性と女性性の両極のバランスが取れる人のことを言うのですね。

もう、目からウロコがボロボロ、ボロボロ……。

話がめちゃくちゃ長くなりましたが、クモの話です。物質・経済中心に回っている社会の象徴として今、下島家の壁に、たっぷりと社会の闇と人間の心の闇を吸い取った巨大クモが出現しました。

でもわが家にこんな巨大なクモが住んでいた、ということは、たぶん他の御家庭にも、それぞれ質の違う闇をまとった巨大クモがいる可能性がある、ということでその集合体がまず地域社会をおおう闇となり、やがて日本中を覆う闇となる。そして日本中が闇のクモの巣にからめ取られていく。

「こ、怖いですねェ〜〜!!」

今片づけなければならない家をお持ちの方は、ぜひ、ご自分の手で片づけてみることをお勧めします。

物がなくなって初めてそのクモは姿を現わします。

「実は、こんなん姿になりましたわぁ〜!」っと。ちょっとスリルがありますが……。

そのクモは一度その長〜い足を操って壁を移動し、ちょっと目を離した隙にいなくなりました。

長い間、御苦労様でした。

ありがとうございました。

合掌

第2章

地上の天の河

~それは諏訪大社参拝から始まった~

①中央構造線とは?

話はガラッと変わりますが、まず「構造線」とは? からお話を進めてまいります。

構造線とは、地層群同士または地塊《ちかい》同士の境界。
地体構造の境界線を指す、地質学の用語です。
地層の不連続部分である断層の種（活動していないものも多数存在するので、活断層とは限らない）。

ウーン? つまりプレーンミルフィーユといちごミルフィーユをそれぞれ半分に切って、半分同士を合体させた、その繋ぎ目ですね。

そして、その中でも中央構造線は日本最大級の断層で、九州の八代から、徳島、伊勢を経て、諏訪の南を通り、群馬県の下仁田、埼玉県の寄居付近でも確認された、連続して陸地を一〇〇〇km以上も追跡できる大断層です。

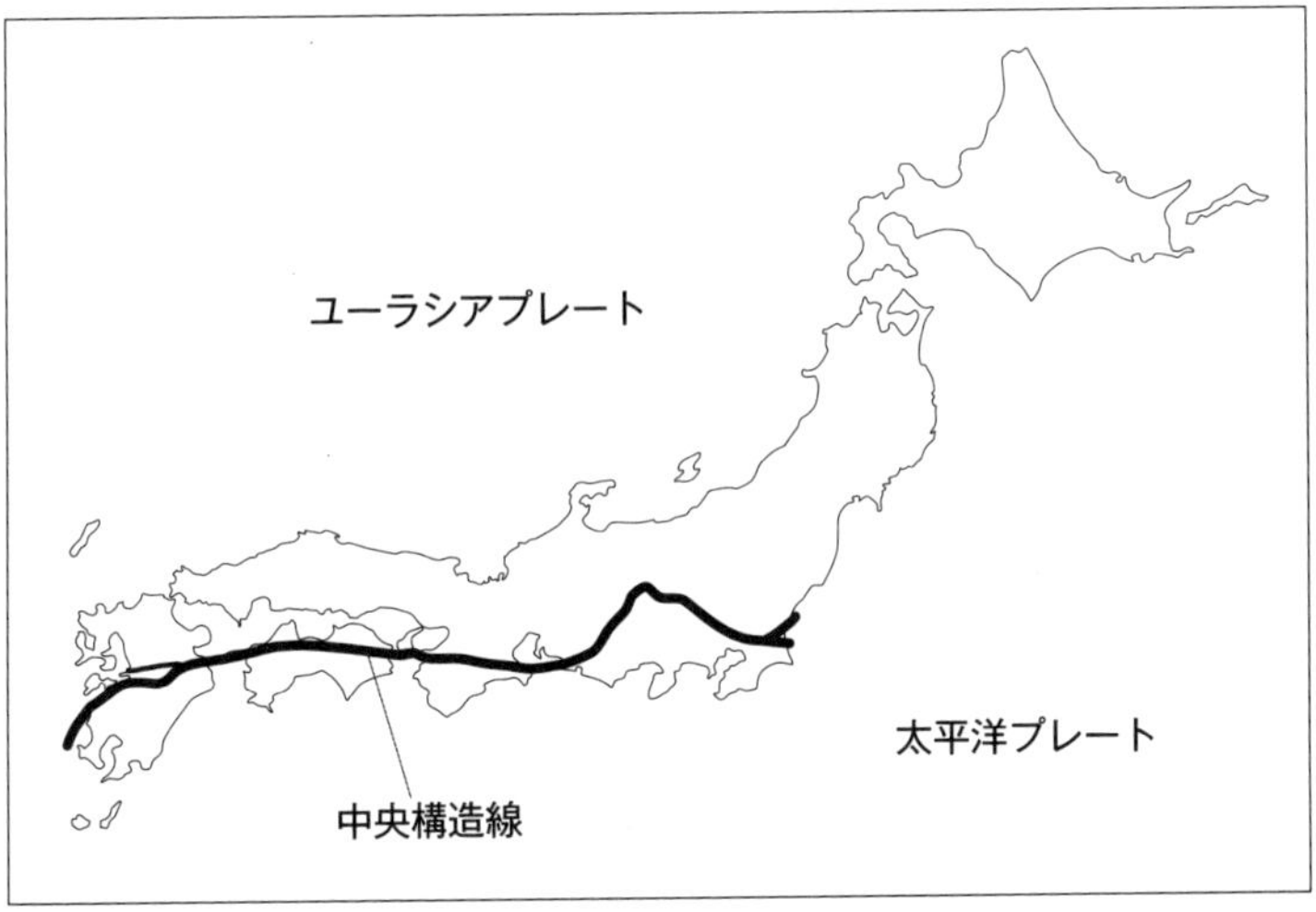

さらに、中央構造線は、日本列島ができ上がる時に形成された断層。

日本列島周辺では、太平洋プレートが太平洋側の海溝で、ユーラシアプレートの下に沈み込んでいます。

太平洋のプレートがユーラシアプレートの下に潜り込む時に、太平洋の方からズレてきた岩石をそぎ削るように置いていったものを、〝付加体《ふかたい》〟と呼びます。

この〝付加体《ふかたい》〟がアジア大陸の縁に沿って、大きく横ズレしたものが、中央構造線です。

日本最大級の断層、それも日本列島形成時にできた、最も古い断層というのがポイントです。

②それは諏訪大社参拝から始まった

父方の姓は「下島」、母方の旧姓は「遠山」。

私は「下島」と「遠山」のハーフです!!

これから語られることは、すべて家の片づけと同時進行で展開していきました。

数々のハードル＝言い訳（どう考えてもこの物の多さは無理でしょう? 今の生活のどこにそんな時間的余裕がある訳?、体力的にも今でいっぱいいっぱいだし～、などなど、逃げの言葉のオンパレード）を超えて始まった実家の片づけ……。

始めてから二ヵ月ほど経ち、季節は真夏に突入していました。

※ここらで少し小休止!!

当時、翌年が七年に一度の御柱祭《おんばしらまつり》に当たる年、ということで、諏訪大社が盛り上がりを見せていました。

一度も訪れたことがなかったので、小休止にはピッタリの距離ということもあって、出かけてみることにしました。

諏訪大社は、信濃国一之宮。

長野県諏訪市と茅野市にあり、諏訪湖をはさんで、南に上社、北に下社、さらに上社には本宮と前宮、下社には春宮と秋宮の四つに分かれて鎮座しています。

全国のお諏訪さまの総本社。

御祭神は建御名方神《たけみなかたのかみ》、父神は大国主神《おおくにぬしのみこと》、大黒様で、兄神は八重事代主神《やえことしろぬしのかみ》、えびす様で、自然神。

上社裏には御神体の守屋山《もりやさん》がそびえ、御柱祭に象徴される、すくっと伸びた大木をイメージさせる神社です。

個人的には、前宮に強く惹かれました。

周辺には歴史的に興味深い史跡が多く、明治元年の神仏分離令により、取り壊されてしまった神宮寺跡周辺、天御中主命《あめのみなかぬしのみこと》、北極星を祀る北斗神社、守屋資料館などを回りました。

諏訪湖は不思議な湖、お天気にかかわらず何かしら重いエネルギーが満ちているのを感じました。

短い時間でしたが、自然の気に満ちたパワースポットに身を置いてリフレッシュし、帰りの高速バスの中で観光協会でいただいた長野県の観光地図を何となく眺めていた時のことでした。

それはまさに航空写真を上空から、グーンとズームアップしていくように、いきなり「遠山郷」という場所が目に飛び込んできました。

「ヘェ～、遠山だってよ、遠山!!」

母の旧姓でした。

遠山姓のルーツはここなのかも～と、今まで一度もルーツのことなんて考えたこともなかった私が、えらく興奮してそう思いました。

そして、その興奮はそこで終わりませんでした。

再び航空写真を上空からグーンとズームアップしていくように「しもじま」という文字が目に飛び込んできました。

父の姓です。

「え～？ これはひょっとして夢？」

一枚の長野県の地図に、「遠山」と「下島」が同時に存在していました。

遠山は静岡県に近い南信濃。

下島駅はほぼ中央あたりの伊那市に位置し、こちらは小さなアリくらいの文字の大きさで、探そうと思うとむしろ探せないような地図上での位置。

「これは見せられてしまいましたね～」と思うしかありません。

家を片づけ始めてから、小さなミラクルをたくさん経験しましたが、これは特大ミラクル!!

父は東京、麻布出身。
母は新潟県長岡市出身。

二人が他界した折に取りよせた戸籍謄本では、二人とも三代前まではその土地に住んでおり、長野県を匂わす手がかりは何一つありませんでした。

この諏訪大社参拝への旅が、今まで考えてもみなかったことですが、二人のルーツ、DNAを紐解くキッカケとなりました。

③天の河銀河と地上の天の河（中央構造線）

♪ささの葉さ～らさら♪　七月七日は七夕の日

琴座の一等星ベガが織姫。

わし座の一等星アルタイルが彦星。

小さな星くずが集まった天の河を真ん中に置いて、それぞれが対岸に位置しています。

恋人同志が離れ離れにさせられ、一年に一度だけ逢うチャンスを与えられたのが、七月七日と言われていますが、実はもともと夫婦であったのが、真面目に働かなくなってしまったので、別れさせられてしまった、という説もあるようです。


「天体は地球の写し」とも言われています。

先にお話しました中央構造線は、九州から四国の上端を通り、伊勢湾からグーンと諏訪湖の方向に向かって長野県のほぼ中央を北上しています。


その中央構造線の東側西側にあるのが、何と、地図で発見した、

「遠山」と「下島」でした！

キャ〜っ！「織姫」と「彦星」!!

この発見は私を狂喜乱舞させました。
この図を見てください!!

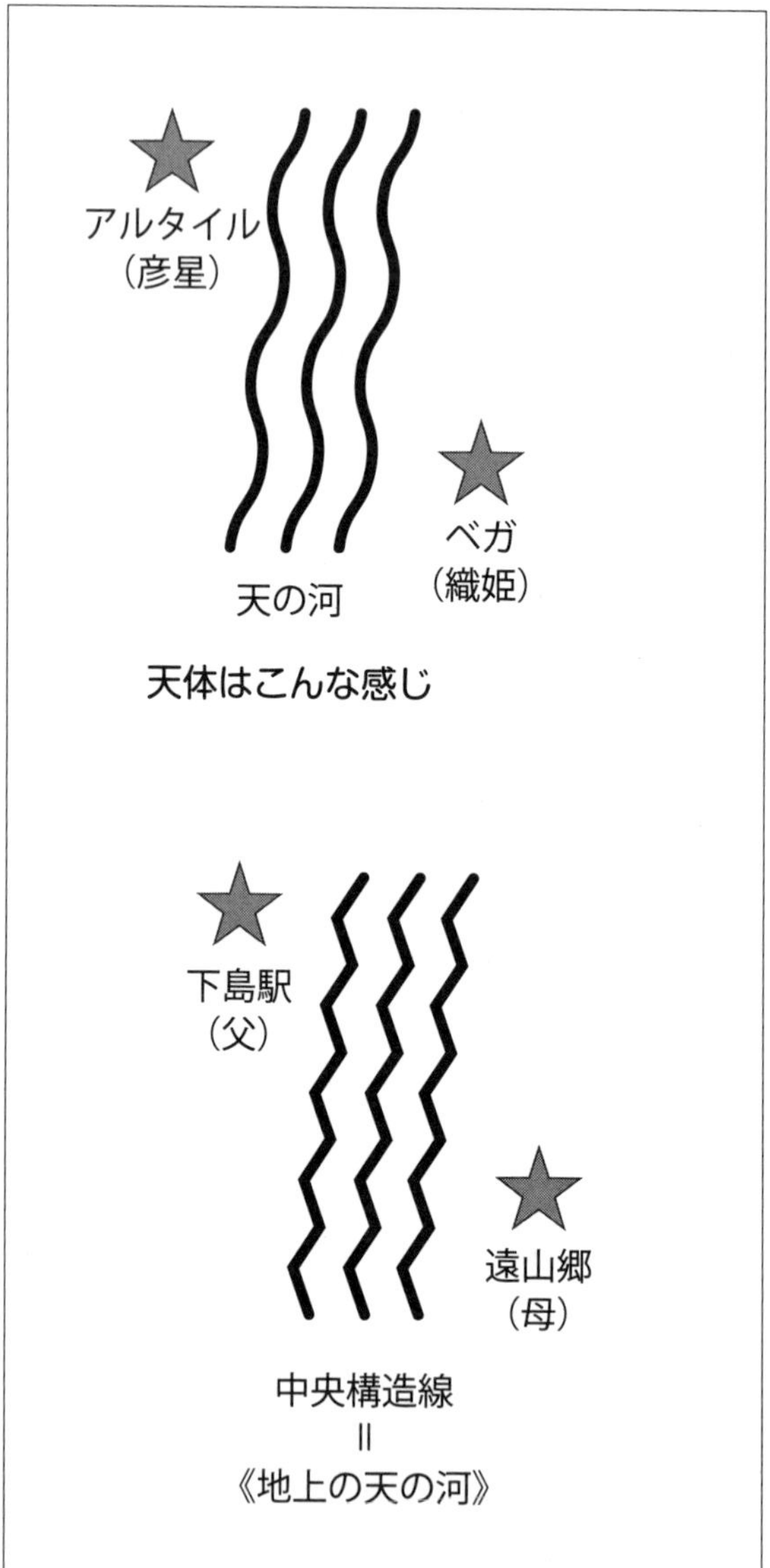

こんなことってある？

でも偶然なんて一つもないのだ！

みんな必然なのだ！

こんなシナリオが用意されていたなんて～！

と私の中で連想ゲームのように思いがパタパタパタッとめくれていき、一般ピープルであり、市井の人々であり、庶民であり、民衆の一人である父と母がキラキラ光る星に変身しました。

＊　＊　＊

日本昔ばなし「地上のあまのがわ」

むかしむかし（時は二〇一五年）、日本という国のあるところにひじょーになまけもののいくこさんがいました。

空家となった実家の片づけがどうにもイヤで「見なかったことにしよう！」と見て見

ぬフリをする日々がずっと続いていました。

ところが、あるお坊さまの導きにより、一大決心をして片づけはじめたところ、
何と!! 大判小判がざっくざく!! ではなく、
父と母が織姫と彦星であることがわかったのです。

「ウソっ！ 一般ピープルなんで〜、そんなぁ〜」

「主役でしょ？ 織姫彦星って……」

『よいんです、これからはみんな一人ひとりが主役の人生なんです』

と天の声が降りてきました。

そしてさらに天の河の底から、地の声が響いてきました。

『いくこよ！ これからそなたに接着剤の役目を与える』


その頃の日本列島は揺れていました。大きな震災を体験した後でした。

気象状況も年々過酷になるばかりでした。

地上の天の河である中央構造線は、地層と地層の継ぎ目、東側と西側では全く違う地質をしています。

いくこさんの役目は、この継ぎ目が離れないようにする「接着剤」だったのです。

何と言ってもいくこさんは織姫（遠山）と彦星（下島）のハーフですからね。


いくこさんはそれと気づかず、長い間、片側だけで生きてきました。

忙しいフリをし、外に外に意味を見出してきたのです。

これからは自分の内側の母（女性性、遠山側）と父（男性性、下島側）を統合していくことが大きな使命となりました。

天と地
陰と陽

表と裏
昼と夜
そもそも表が表だと証明できるのは、裏という存在があるからですね。
どちらか片方が欠けてももう片方の存在はあり得ません。
この世の仕組みはそのようにできていたのでした。
こんなに、こんなにシンプルなことだったのです。

おかえり～、いくこさん！　長い間お疲れ様でした。

おわり

＊　＊　＊

長い間、人類は二元性のサイクルの中にはまり、戦いのエネルギーに圧倒され続けてきました。
父と母、おじいちゃんとおばあちゃん、ひいおじいちゃんとひいおばあちゃん、と、ずーっと引き継いできてようやっとその二元性のサイクルを終わらせる時が来ました。

この役目がこの時代に生を授かった私達の使命です。

一人ひとりが自分の内面を統合していかないかぎり、真の共存する社会はありえません。

戦いのエネルギーを糧に生きるのは、もう、ここらでやめませんか？

ひと休み、ひと休み……。

④遠山姓の大元《おおもと》？ 南信濃・遠山郷

諏訪大社からの帰途、長野県の地図に遠山郷、下島駅を発見してからというものの、そして本来の使命に気付かされてからというものの、今度いつその二ヵ所に入ってみるか？ ワクワク、ドキドキの時間となりました。

実家の片づけの手も自然と軽くなっていくというものです。

そしてついに晩夏のギラギラした太陽のもと、伊那市に住居を持つ友人とともに遠山郷（織姫側）に向かいました。

伊那市からレンタカーを借りての移動でしたが、想像以上の荒々しい山々の姿に圧倒され、「行者」という名のバス停にギョっとし、ほぼ直角に切り取られたような山肌を目の当たりにしながら、この土地は行者ワンダーランドだったのかもしれない……などと、想像しながら……。


予想よりもはるかに時間をかけて、遠山郷と呼ばれる土地に入ったあたりで友人が携帯をなくしたことに気付き、いったん車を止めました。

そして、そこには!?

古びた観光案内図の看板がバーンとそびえ立っていました。

三〇〇〇メートル級の山々が連なる南アルプスとともに、宇佐八幡神社、稲荷神社、明神社、浅間神社、白山神社、正八幡神社、熊野神社、諏訪神社、遠山天満宮、下栗十五社大明神、秋葉神社……。


「ギェ～、神社だらけじゃ!!」

ひょっとしてスゴいんじゃない？ ここ！

顔中ハートマークの目になったような状態で、土地の方に（気さくで良い方）、道の駅の場所をお聞きし、遠山郷観光協会「アンバマイ館」に向かいました。

そして扉を開けると、まず「神様王国」というポスターが目に飛び込んで来ました。

資料に目を通していくと、この土地は〇〇神社、〇〇寺という社寺以外にもそこかしこに多くの神仏が祀られているところに大きな特色があるようでした。

遠山郷の中央を流れている遠山川は、たびたび氾濫を繰り返していたようで、洪水防止を願うたくさんの水神様、そして愛岩様、津島様、大黒様、若宮様、秋葉様、庚申様、金比羅様、稲荷様、行者様などなどその小さな石碑、石神、祠《ほこら》に自然との共存、そして神仏への思い入れがそっくりそのまま残されていました。

山深い谷、秘境だからでしょう。

あるがままに手つかずで残っている豊かな自然と歴史、あっという間にタイムスリップしたような不思議な感覚でした。

そして観光協会に到着する前に通過した「和田宿」の街並に、よりいっそう郷愁をかきたてられていました。

昭和二十年代後半から三十年代の街並みでしょうか？

実家片づけ中の私は、ちょうど、昭和三十年代頃の写真を整理していた頃でしたので（私は昭和三十二年生まれ）、ふるさとの原風景から直接、この遠山郷がオンラインで結ばれてしまいました。

この展開は、まさに導かれていました。

「和田宿」は、静岡県浜松市にある秋葉神社に向かう巡礼の道として賑わっていた秋葉街道の宿場町として栄えていた場所でした。

この道路脇にも道祖神、庚申塔などが祀られています。

遠山郷のクラクラするような魅力は語りつくせませんが、

●遠山郷道の駅には、遠山温泉郷「かぐらの湯」があり、全国でも珍しい四二・五℃の食塩泉。飲用ＯＫ！な温泉水で、ちょうど海水くらいのしょっぱさ。

山麓にて海水というこの温泉は、断層上に位置していることが関係しているらしい。

そう、地上の天の河、中央構造線の贈り物!!

●標高八〇〇～一〇〇〇mの高原の地にある、日本のマチュピチュと言われている「下栗の里」

●「御池山隕石クレーター跡」日本で初めての隕石クレーターらしい。大ヒットしたアニメ映画「君の名は。」を思い出します。

●少し北には、ゼロ磁場としてもてはやされた「分杭峠《ぶんくいとうげ》」があり、中央構造線、国道152号線上はただものではありませぬ!!

●その構造線の話ですが、遠山郷木沢地区で、三本の構造線（中央構造線・赤石構造線・仏像構造線）をいっぺんに見ることができます。
三本の構造線を同じ場所で見ることができる場所は、日本ではここ以外にないそうです。

この遠山郷には、戦国時代に領主であった「遠山土佐守景広」が築城した和田城がありました。

今はその跡地に遠山郷土資料館「和田城」があります。

そして遠山氏の菩提寺である龍淵寺に、四百年以上前からこんこんと湧き出るおいしい水「観音霊水」があります。

これも地上の天の河、中央構造線の贈り物!!

ちなみに、中央構造線の東側は、外帯と呼び、地質は堆積岩の変成岩が多くあります。石灰分も多く含まれるＰＨ七・八の硬水。

観音霊水はこちら側ですね。

中央構造線の西側は、内帯と呼び（彦星・下島側）、地質は花崗岩（御影石）をベースとした変成岩。

こちら側は、ＰＨ値の低い軟水だそうです。

構造線をはさんで、東西で水質まで見事に違うのですね。

そして**遠山氏**が登場しました。
母のルーツ、ＤＮＡが見えてきました。

⑤遠山地方の領主であった中世の豪族・遠山氏

遠山という地名は、「都から見て遠くの山々が連なる土地」という意味だそうで、昔はそのあたりすべてを遠山と呼んでいたようです。

現在は飯田市に吸収され、飯田市南信濃となり、地図上から遠山という地名が消えました。

しかし今でもこのあたりを広く遠山郷と呼んでいます。思ったよりずーっと静岡県に近い所でした。

平安時代末期には江儀遠山庄《えぎとおやま》（荘園《しょうえん》）が置かれ、戦国時代には遠山氏が支配しました。

先に紹介した和田城は遠山遠江守景廣《かげひろ》が築城し、武田信玄の三河攻めの折、遠山氏は武田氏に加担しました。

伊那谷付近は平野部が多いため、すでにすべて武田氏の領地となっていましたが、遠山地方は山間部ゆえ、隔離された地域であったために武田氏も手を付けなかったようです。

「隔離された地域」これこそが今でも手つかずの豊かな自然と歴史が残されている理由なのですね。

そして、その後、織田信長が武田信玄を滅ぼさんとし、伊那郡に侵攻して来ました。

この時景廣は、一四〇人の手兵を引き連れて高遠城に馳せ参じましたが落城しました。

後を継いだのが長男の遠山土佐守景直《かげなお》、織田信長の時代には没落の危機に落ち入りましたが、信長が本能寺で倒れた後、景直は、徳川家康の幕下に加わりました。

家康は真田氏が所有していた上州沼田城を北条氏に渡すよう説得しましたが、真田昌幸は、これに応じなかったため、上田城攻めとなりました。

この時景直も参加し、上田陣の戦いで抜群の力を発揮し、家康から千石加増されて三千石となりました。

このあたりはDNAが騒いだのか？

いつになく大河ドラマ「真田丸」にはまり、よーく見ていたので、事情が絵になりやすい部分。

さらに余談ですが、弱小のお家の大変さは、遠山地方より少し南の遠江《とおとうみ》を描いた「女城主直虎」にもよく描かれていました。

遠江↓遠山↓高遠、三つの「遠」は、中央構造線上に位置しています。

乱世の世に、この信州で、武田↓織田↓徳川と翻弄されつつ、命をかけてお家と遠山の地を守りぬいた遠山家の人々の姿が浮かび上がりました。

この血が私の中にも流れているのですね。

戦国時代というのはすごい時代、同じ日本人同士で、お家同士の命を懸けた争いが繰り広げられていました。

良い悪いの判断は別として、「命の重さ」を思った時、現代とこの時代と、どちらが重いのか、と考えさせられてしまいます。

少なくても私は「ご先祖様に顔向けできない日々を送っては申し訳ない」と思いました。

私がこの世に生まれるまで、命を繋いでくれたせめてもの恩返しを込めて、これからの人生を送りたいと思います。

景直の死後、長男景重《かげしげ》が後を継ぎましたが、男子がなかったために養子と弟との間に相続争いが起きました。

遠山一族、家臣はもちろん、領下もその渦中に巻き込まれ、遠山の村々は荒廃しました。

徳川幕府は「一家不取締」として、すべてを没収、五年後には幕府の直轄地となりました。

遠山氏没落の背景は諸説あるようで、

・幕府が遠山氏の森林資源ほしさに政略的に行なった、という説、

・遠山氏の年貢とりたての厳しさに百姓一揆がおきた、という説、

うそかまことか？　まことかうそか？

本当のことはその時代その場所で生きた人々だけが知っている。

合掌!!

遠山氏は当時は、全員名前に《景》の字がついています。

女優の遠山景織子さんもそうですね。

景＝日の光、ひいては目に見えるけしき。
転じて光によってできる「ひかげ」の意

《景》は一字で陰と陽、両方の意味を含んでいます。

すごい文字ですね!!

※おまけ　没落後、母の先祖の方々は中央構造線上を北上し、諏訪大社の守屋山を抜け、さらに美ヶ原高原を抜け、さらに千曲川沿いに北上し、越後に逃れました（母は新潟県長岡市出身）。
長ーい長ーい、民族大移動でした。
お疲れ様でした!!

地図を見ていて初めて気が付きましたが（地理の勉強をさぼっていただけですね）、信州（長野県）で千曲川だった川が、越後（新潟県）に入ると信濃川に変わります。
長野県と新潟県は一本の川で繋がっていました。

⑥下島姓の大元？ 伊那市の「下島駅」

前回遠山郷に入った時はスケジュールが取れず時間不足で終わってしまったので、今回は下島駅から遠山郷に入る予定で初秋の候、伊那市にあるＪＲ飯田線「下島駅」に向かいました。

天竜川が間近に流れている土地です。

一時間に数本程度の単線の無人駅で、親戚も含め、下島という名字は以外に少ないので活字になった「下島」という文字を見るのはまれで、大きな駅名のプレートが妙にくすぐったく感じました。

この下島駅、忽然と駅名としてここにあり、辺りに下島という土地名はどこにもありません。

遠山郷との大きな違いは平野部であること。

遠山郷は山間部であったために、武田氏はなかなか手がつけられませんでしたが、伊那市付近は広々とした平野であったため、早くから武田氏の領地となりました。

駅近くの深妙寺というお寺で伺ったところ、このあたりには下島という名前の方はあまりいらっしゃらないとのこと。

やや南側の駒ヶ根市方面に多く散って行ったとのことでした。

そういえば下島、という名前でヒットした方で「下島空谷《しもじまくうこく》」という方がおられます。

医師であり、俳人、陸軍一等軍医で、やはりこの方は駒ヶ根市出身。

この辺りを車で走っていた時、下島医院、下島整形外科、という看板を目にしました。

医師である空谷さんの血筋の方が多くいらっしゃるのかもしれません。

ちなみにこの空谷さん、作家茶川龍之介さんの主治医として、その最後を看取った方です。

東京田端に医院を開業なさっていました。

父も東京出身ですね。

あと、人名事典で「下島」という名前を調べてみたところ、俳人の方が多くいらっしゃいました。

そして、それから駅近くの深妙寺から、三峰川《みぶがわ》沿いに歩いてみることにしました。

本当にこのあたりは平野。広々とした畑の中に、なんとお墓が点在していました。

墓碑をよく見ると、江戸時代の元号のようです。

丸っこい自然石のようなお墓が数多く残っていました。

そして三峰川沿いをさらに散策してみますと、川手天伯《てんぱく》社、桜井天伯社に遭遇。

天伯信仰は、本州のほぼ東半分に見られる民間信仰で長野県・静岡県に多いらしい。

そして、この時に見た、天伯社の由緒書きの看板に書かれていた、お祭りの「さんよりこより」というフレーズが、ずーっと私の中に響き続けることになります。


ちなみに下島という地名の由来は、大洪水の折、平野が水浸しになった時、いくつかの場所が島のように見えたことから、上島とか下島という地名が発生したという説があります。

ここにも「洪水」というキーワードが出てきました。


そういえば長野県にはもう一つの「下島駅」がありました。

中央構造線をさらに西に行ったところ、松本市のアルピコ交通上高地線の「下島駅」です。

この駅も降り立ってみました。

飯田線「下島駅」ととてもよく似ていて、駅前の下島豆腐店の豆乳がメチャクチャおいしかったです。

駅から少し歩いた所にある神社にも立ち寄ってみました。

そしてさらにもう少し西、長野県内ではありませんが岐阜県下呂市（旧飛騨国）に下島温泉がありました。

こちらはつい最近行ってみました。

何の予備知識もなく行ってみたのですが、何と御嶽山の岐阜県側の登り口で、豊富な水があふれる数々の滝は圧巻!!

一枚の長野県の地図の中央構造線西側に「下島」が三ヵ所も点在していました。

⑦遠山郷のお祭り、「霜月祭《しもつきさい》」

霜月祭《しもつきさい》を語らずして、遠山郷を語ったことにはならず……と言うくらい、霜月祭りは古い神祀りの形と信仰を今に伝える郷土色豊かなお祭りです。

旧暦霜月の十二月中頃に、太陽の衰弱と再生をなぞらえて、命の復活＝「生まれ清まり」、再生を願う儀式で、国指定重要無形文化財です。

何といっても特徴は古式の「湯立て神楽《かぐら》」の型をとっていること。

「湯立て」とは、聖なる水（陰気）と火（陽気）の融合によって聖なる湯を立てて、その湯気を神々に捧げ自らも浴びる、神事です。そう、湯が主役!!

「火・水＝カミ＝神」

ど真ん中にデーンと大きな湯釜をしつらえた竈《かまど》があり、ワンワンと煮えたぎる湯釜のまわりを、神官さんや村人たちが、夜を徹して祈りや舞いを繰り広げます。

そこにいるだけで理屈抜きに魂を揺さぶられるのは、中盤以降に登場する面をつけた舞い、次々に村人たちが面をつけて現われ、舞い踊るシーン。

見ている人がさらにそれを盛り上げ、ただでさえ煮えたぎる湯釜でヒートアップしていますから、それはそれはものすごいエネルギーの場となっていきます。


そして、その面の種類がスゴイ!!


爺・婆・鬼・天狗、から始まって、猿・カラス・土王・水王・木王・火王・根の神・稲荷、○○明神・○○大神・○○大明神・○○太夫・天照皇大神・役の行者・天伯様・遠山様まで、それはそれは日本全国の神様が勢ぞろい!!

遠山様から天照皇大神までまぜこぜになっているところが感動的!!

ひょっとしてここは日本の大元《おおもと》なのでは？ と思ってしまいます。

こんなにたくさんの「神迎え」をしたのですから、面の舞い終了後はまた、丁寧に「神返し」をします。

「〇〇より来りたる御神達は〇〇本社へ御送り望申す」

（参考文献『遠山霜月祭の世界』飯田市美術博物館）

ちなみにこの霜月祭りはスタジオジブリの「千と千尋の神隠し」のモデルとなったようです。

飯田市街から遠山郷に入るには映画のように、長ーい矢筈トンネルを抜けますし（全長四一七六メートル）。

「油屋」という名の「湯屋」には怪物のような姿の八百万の神々が登場しますし。舞台となった「油屋」ですが、実際に遠山郷には「油屋プロパン店」があります。

気さくな御主人と奥様!!

⑧伊那市下島駅付近のお祭り「さんよりこより」～もう一つの地上の天の河～

初めて下島駅を訪れた時、二つの天伯社、川手天伯社と桜井天伯社に遭遇した、と

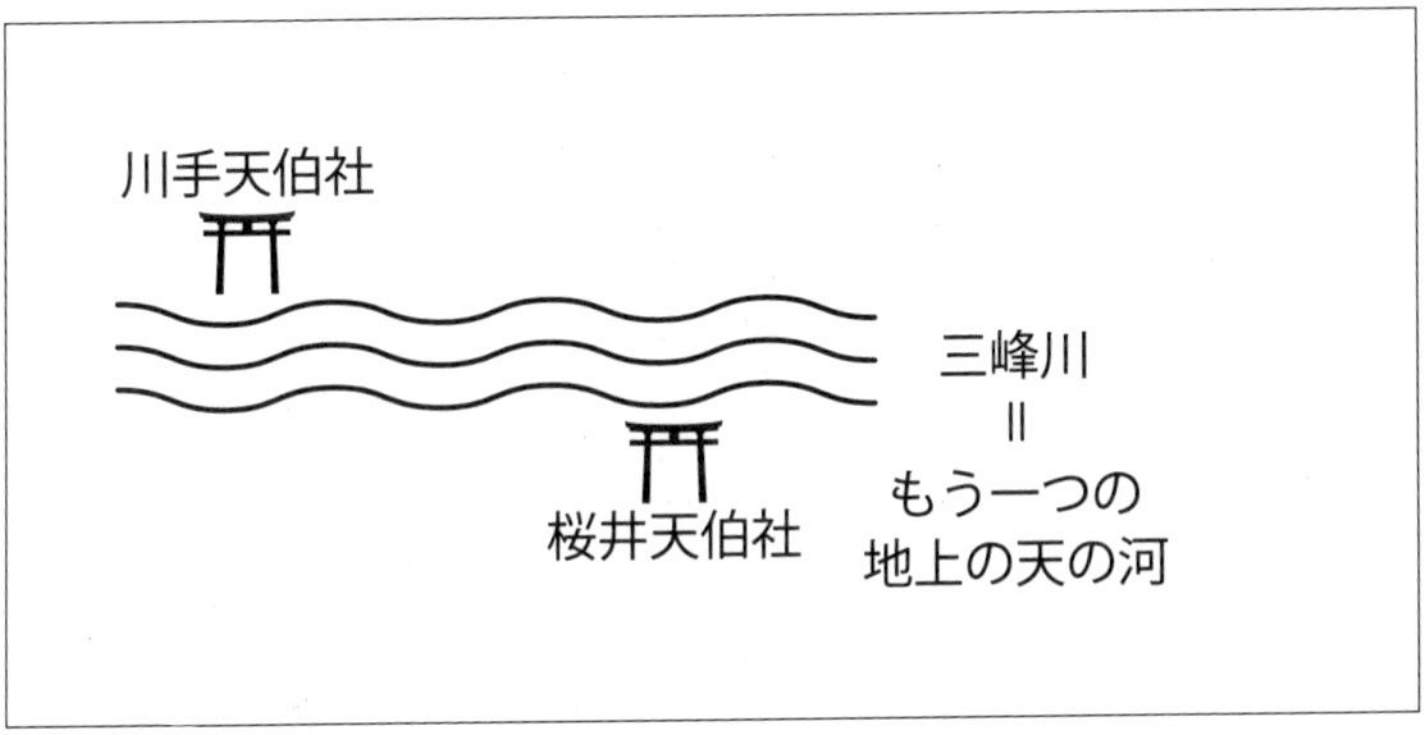

お伝えしましたが、これはその二社のお祭りです。
DNAが反応したのでしょうか？
初めて訪れた時に見た由緒書きの看板に書いてあった「さんよりこより」というフレーズだけが、ずーっと頭の中をリフレインしていて、神社そのものはよく覚えていませんでした。

さて、このお祭りを調べてみたところ、旧暦の七夕祭り、八月七日に行なわれているとのこと。そうです！何というシンクロでしょう！

七夕です！天の河です！織姫・彦星です。

地図でよく見てみるに、この二つの天伯社は三峰川《みぶがわ》をはさんで対岸に位置しているではありませんか!!

こちらは東西の関係ではなく、南北の位置関係ですが、三峰川は、中央構造線に続き、もう一つの地上の天の河でした。


伝承によりますと、室町時代中期、藤沢片倉（現・高遠）におられた天伯様が洪水によって桜井に流れ着き、その後再び洪水によって美篶《みすず》川手に流れ着きました。

これを縁として、桜井と川手に天伯様をお祀りしたのが始まりとされています。


子供達が色とりどりに飾り付けをした七夕の竹竿を手に川手天伯社に集まり、大人二人は笠をかぶり太鼓を持って鬼に扮します。

子供達は飾り竹を持って鬼を中心に円陣を作り、

「さんより〜！こより〜！」（さあ、よって来いよぉ〜の意）

と唱えながら、鬼の周りをグルグル廻り、三周したところで鬼が太鼓を叩くと、子供たちは手にした飾り竹で鬼を滅多打ちにします！

これを三回繰り返します。

鬼＝洪水を起こす疫病神

当時の三峰川は何度となく洪水を起こし、人々を苦しめていました。

これは疫病神に見立てた鬼を叩きつぶし、洪水を鎮める神事でした。

そのあと御神体の御輿を担ぎ、行列を作ってそのままパシャパシャと三峰川を渡り、川手天伯社から、桜井天伯社へ向かいます。

そして、もう一回、同じように、「さんより〜！　こより〜！」が行なわれます。

御神体が三峰川を渡るのは年に一度、その日は絶対に三峰川は荒れない、と伝えられています。

長い間、何度となく沿岸の住民を苦しめてきた三峰川の洪水。昨今、大豪雨で日本中が水害に苦しめられています。

その当時の人々の苦しみや災害の状況は「今そこにある危機」となっています。

まだ治水の技術が追いついていない当時は、どれだけの苦しみがあったのでしょうか？

桜井天伯社は山を少し登った高い所にあり、「こんな所まで水が来たの？」とただ驚くばかりでした。

水害……そう言えば遠山郷においても遠山川が何度も洪水になり、人々は水の神々を鎮めるためにあちらこちらに水神様を祀ってきました。

そう、遠山郷も下島駅付近も洪水に悩まされていた土地でした。

父・母、二人の血・DNAに「洪水に悩まされる」が入っていたのですね。

実家がなぜこんなに水害に見舞われていたのか？

なぜ二人がこの地に家を構えたのか？ がよーく理解できました。

DNAってこんなふうに再生されるのですね。

そういえば私は水が恐い子どもでした。

体育の授業のプールが、イヤでイヤでたまらなかった。

特に「飛び込み」は、口から心臓が飛び出すくらい恐ろしくて、死んだ気になって入水していました。

同じく子どもの頃に、台風による床上浸水にワクワクしていたのとは著しく矛盾しますが、「水に飛び込む」というシチュエーションが生死に直結していた記憶が何度かあるのだと、後に理解しました。

この記憶が諏訪大社参拝の折、諏訪湖を見た時の、あの何とも言えない不思議な気分と繋がっていくことになります。

実家を片づけはじめてから導かれるように、長野県の地図に、父母の姓の地名を見つけ、初めて「祖先・DNA」ということを考えるようになりました。

父母の子どもとして、それに気がついた私の役割は、水の精霊に感謝すること、そして水によって苦しめられた先祖の方々の御霊を、せめても供養することでした。

水の精霊は龍神様にも繋がっていきます。

自分の人生がこんなふうに展開していくなんて、ほんの少し前までの私には、思ってもみないことでした。

⑨私は孤立した存在ではない

諏訪大社参拝は祖先・DNAという新たな世界の扉を開いてくれました。

考えてみれば、私の肉体の遺伝子の中に縄文時代の、そのまたもっと昔からの記憶がすべて刻まれているわけで……。

クラクラするような「私」と思ってきた存在の連続性、私・私・私と言っている私はいったい誰なのでしょう？って話です。


シャーリー・マクレーンさんに触発され精神世界の本を読みあさり、セミナーなどに参加し、自己探求してきたつもりでした。

しかし、本人はそれと気付かず、目に見えるこの世で、三次元的な使命探しをし、いろいろ努力してきたつもりだけなのでした。

また言葉を変えると、矛盾するようですが、魂意識の方ばかりに気を取られ、自らの肉体・DNAを見ていなかった、とも言えます。

結局、着地していなかったんですね。

それが「地上の天の河」の発見で、「私の役割は接着剤」と知り、今までのものさしが泡のようにシュワシュワと溶けて消えました。

DNAのうーんと深い所に眠っている、当たり前のように天地と繋がっていた頃の懐かしい感覚、その後、人類は長い間、二元性のサイクルの中で分離してきました。

自らの内面を調和させていくこと、陰（女性性）と陽（男性性）を統合させること、片側のカリスマ的なものを目指すのではないです。

もともとの一つに帰るだけ……。

それを粛々と実行していく先にしか、私の使命が達成される道はありません。

そしてもう一つ、実家の片付けを通して実感したことは、

生産性なんてなくてもよい、一見、ムダと思われることでもよい、自らにふりかかってきたことは、めんどくさかろうがイヤだろうが、スルーしない!!ってこと。

そこをないがしろにして、自己啓発セミナーなどで一生懸命学んでも、結局キャンセルされてしまう、らしいです。

普段の生活を一つひとつ身を入れて、ちゃんと丁寧にやっていくこと、そこから生まれてくる感謝の念や、こんなに守られている、という実感を大切にすると、今まで気付かなかったけれど実はちょっと傍らに大きな河が流れていて、手を放して、その流れに乗っていけるようになる。

どうやら、そんなふうにでき上っているらしいです。

さて、実家片づけに着手してから、早、十ヵ月の月日が経ちました。

家をカラッポにしてからのその先です。

第3章

本当の先祖供養とは？

～更地に吹く風～

①解体済んで日が暮れて……

さて、カラッポにしたその先のお話ですね。

カラッポにした、ということはこの家の傷みを修繕し再び実家に住む、という選択肢をはずしたことになるのですが、いざ解体すると思うとかなりの痛みが私を襲いました。人というのは難しい生き物です。

築年数と床上侵水の痛みと地の利と、その他モロモロ諸事情含め、一つひとつ、納得したにもかかわらず……です。

お坊さんに家と土地をお線香とお経で浄化していただき、自らも塩で清め、いざ、解体へ!!

解体途中、「最後のお別れ?!」と称し、屋根瓦を外した時点で、一度家の中に入れてもらいました。

その時、不思議な感じが私を襲いました。

スーっと頭が軽くなって上に抜けていく感覚がしたのです。

そして昔、母が「この家は良い屋根瓦を乗せたのよ」と言っていた話を思い出しました。

そうです！　この家は相対的に屋根が重すぎたのです。

これじゃ住んでいる人の頭がおかしくなるはずです。

感受性の強い母は徐々に病んでいきました。

家、「たかが家、されど家……」。

解体の途中でなければわからない、大きな発見でした。


しかし！　話はこれで終わりませんでした。

解体が進み、三次元的構築物が消え、更地になった!!と思いきや、さにあらず……。


地中から出でし、以前建っていた家の解体物の残骸!!

これは屋根でしょう～これは柱だし～という品々!!

「ひ、ひどい!!」しゃがみこんでフリーズすること数分。

その昔、めんどくさくなって、上から土を盛って埋めてしまったのでしょう。解体業者の方が、結構ある話だと言っておられました。

その、すべてを土中から掘り出していただき更にトラック一台分、ありがとうございました。


そして、また一つ、謎が解けました。

なぜ庭の木が家の下を横に張って根を伸ばしていき、反対側から芽を出していたのかがわかりました。

なぜか、庭の木が徐々に斜めに倒れてきていたのかも……。

根がまっすぐ地中に張っていけず、やむを得ず、根を横に伸ばしていった庭の木々達、ご苦労様でした。大変だったね～。


そして、そして、お父さま、お母さま、お疲れ様でした。

上は屋根瓦の重さに圧迫され、天のエネルギーをいただけず、下は残骸にフタをされて、地のエネルギーがいただけず、こんな上下に凝縮された空間に五十年近く暮らしていたのですね。

この家族に起きた色々な出来事には、誰もそれと気付かずに、この家というものが関与していたことは、まぎれもない事実でした。

解体済んで日が暮れて……。

長く住んだこの土地は、ようやっと深く呼吸し、ホッとした表情をしていました。

……空《くう》……

更地になったのを見届けてから、丘の上の氏神様にご報告に行くと、境内に黒アゲハが二羽、ヒラヒラと舞っていました。

そしてその足で更地に向かい、真ん中に立つ。

上を見上げ、以前天井だったところが空となり、下を見つめ、以前床だったところが土となり、このまま、土の上に大の字になって寝たい気分になりました。

すると、更地左角から黒アゲハが現れ、私のほほをかすめて、右角に抜けていき、ポンと消えました。

そして、心地よいひと吹きの風——。

更地に吹く風～

過去と未来、病みと再生の狭間で否応《いやおう》なく、私自身も更地となりました。

②そもそも夫婦って何？

空家の片づけをしつつ、ずーっとモヤモヤと霧のように私の中を漂い続けていた思いは、

「父母は五十年以上も一つ屋根の下で暮していながら、全然出逢っていないなあ〜」

というものでした。

一緒になって、当初のラブラブの時期が一段落した後が、まさにそこに着手していく必要があるのでしょうが、多くの場合、子育てと仕事などにからみ取られ、毎日毎日少しずつズレていき、ズレ違ったまま修正不能なまま、進んでいくというその感じ……。

当時の私も、まさにそのコースをたどっていました。

しかし、年月と共に絆を深めていく方々もおられますね。

今の私が「一番尊敬出来る人を挙げよ！」と言われたら、間違いなくその方々を挙げると思います。


人は自分が性格的に一番見たくない部分を内側に隠していて、その隠している部分を見せてくれる人を無意識にパートナーとして選んでいる、と聞きました。

表側の良い（と思われる）方のみにフォーカスするのではなく、内側に隠している部分もよく見るために、パートナーが目の前にいてくれるわけですね。

この世に生を受けて成長してこの世を卒業していくために必要なキャスト、ということ。

本当は、いてくれてありがとう！なんです。

そこをクリアしないで、元の自分のままでパートナーだけを変えても、悲しいくらいまた同じコースをたどることになるらしいです。

父親と全く違うタイプの男性と結婚したハズなのに（気がつくと同じになっていた）というのも、その現象。

オールキャストですから、夫婦関係も親子関係も兄弟関係も友人関係も、実は同じ。

みんな学び合いの関係。

親子・兄弟は、同じDNAを引き継いでいる分、それはそれは「お見事！」というくらい、自らの心と体のしこりを見せてくれます。近ければ近いほど、わがままが出やすいので、関わりがいのある存在ですね。


愚かな私は、成長段階で、どこかで親に対し批判的な見方をしていました。

ひどい話ですね。

自分も親になってみてよくわかりましたが、親は、無償の愛を子どもに向けて育てています。


「私は母とは違う人生を生きているから」


何という殴り倒したくなるような、驕《おご》った考えでしょうか？

これが以前の愚かな私でした。

「母を認めていないということは、自分を認めていない」ということ。

実家片づけが山場を過ぎた頃、ＮＨＫスペシャル「ママたちが非常事態!?」という番組を見ました。

とても興味深い内容だったのでよく覚えていたのですが、何と偶然にもというか必然にも、その再放送をも見せられてしまいました。

簡単に言うと、

女性が妊娠中に急激に増えたエストロゲン（女性ホルモン）は、出産後また急激に減少します。

お母さんは体内のこの変化により、精神的に不安定になり、不安でいっぱいになります。

今は核家族がほとんどですから、お母さんは一人、途方に暮れた状態となります。

実は人間は七百万年前、チンパンジーから人に分かれた時から、協同して子育てするように作られているらしいのです。

チンパンジーは出産後五年間は次の子どもを産めないのに対し、人は育児しながら、次々と子どもを産むことができます。

これは人の子孫繁栄のシステムで、自分の子も他人の子も村全体で育てる協同保育が本来の人の本能だった、というものです。

今の核家族化現象は、せいぜいこの百年くらいで、七百万年かけて培《つちか》ってきた子育ての本能的欲求が満たされていない現代のお母さんは、危機的状況の中で、何とかママ友と手を繋ぎながら子育てをしていることになります。

エストロゲンの減少は協同保育を促すための本能とも言える、とのこと。

特に人間は二足歩行になったために産道が狭い！　この狭い産道を通過するために、脳が未発達のまま生まれてきます。

動物は母親の胎内ですでに大人の脳に近いところまで発達してから生まれてくるので、生まれてすぐ立ち上がったりしますね。

人の赤ちゃんは二足歩行ゆえに産まれてもしばらくは手がかかる。

お母さんが一人でやろうなんて、本来は無理なんです。

育児は精神的にも肉体的にも、かなりのハードワークですし。

日本のお父さんは忙しいし、日本はベビーシッターさんを頼むにもお金がかかりますし。

この話は、今後の社会が向かっていく先を示しているように思えてなりません。

自分の育った家、両親と向き合う中で感じていた何とも言えない閉塞感は、日本の社会全体の閉塞感に繋がっていく気がします。

父も母もそうまでして世間に対し、頑《かたく》なに守らなければならなかったものは何だったのだろう……と。

いいんじゃないのォ〜、もっと楽になって〜。

自分だけ、自分の家族だけが幸せでもしかたないでしょ〜。

みんなでいたわりあって生きようよ!!

「○○家の人々を超えていく」人々がオープンに自らを開示できる社会。

古代の人々の香り……原点回帰……。

③本当の先祖供養とは?

先祖供養というと、一般的には、盆・暮れ・お彼岸のお墓参り。

そして三回忌・七回忌などの法要、朝晩のお仏壇への祈り、読経など、亡くなられた方に向けて手を合わせ祈る、というイメージが強いと思います。

もちろんこれが基本、思い出して祈る、という行為は、先祖の方々への何よりの供養です。

これを時間と空間という観点から見ていきたいと思います。

次の図は蓮尾尚信著『ハッピーライフクリエーターたちの楽しい過ごし方』より引用させていただきました。

①時間のエネルギーは「過去」から「未来」にだけ流れていると思っている方が多いと思いますが、実は「未来」から「過去」にも流れています。

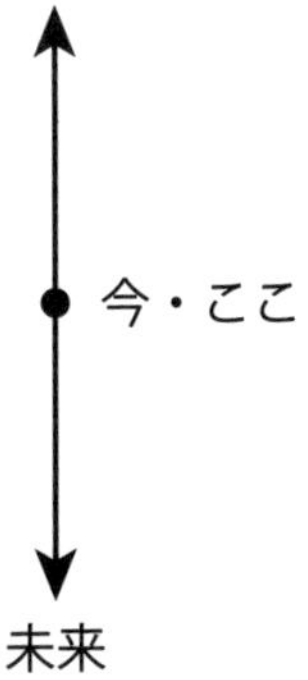

②時間軸を二本に分けます。

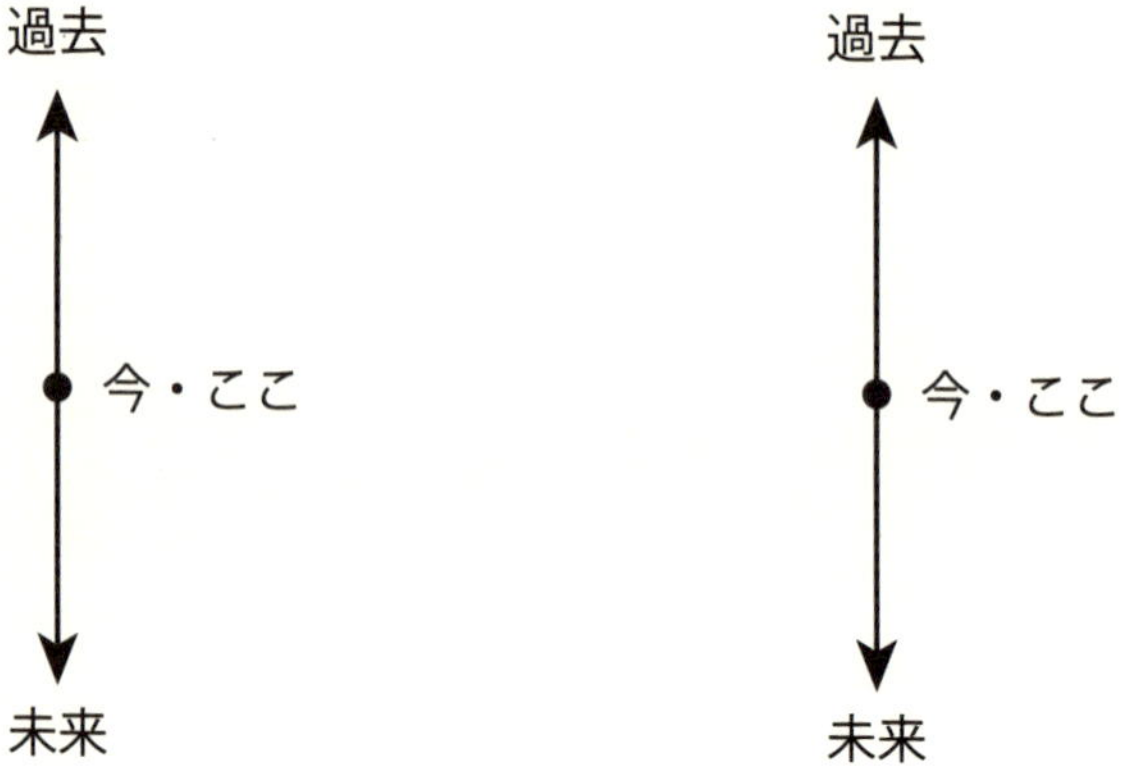

③この軸を四五度ずつ傾けて、《今》同士をくっつけます。

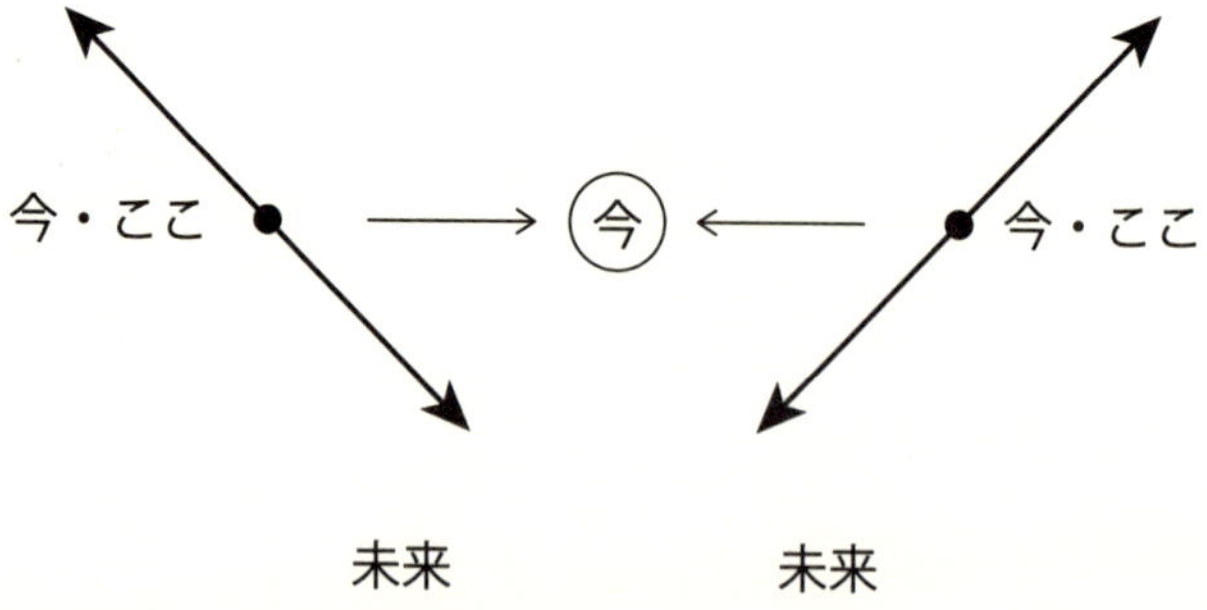

④父母、おじいちゃん・おばあちゃん、ひいおじいちゃん・ひいおばあちゃんという図になります。

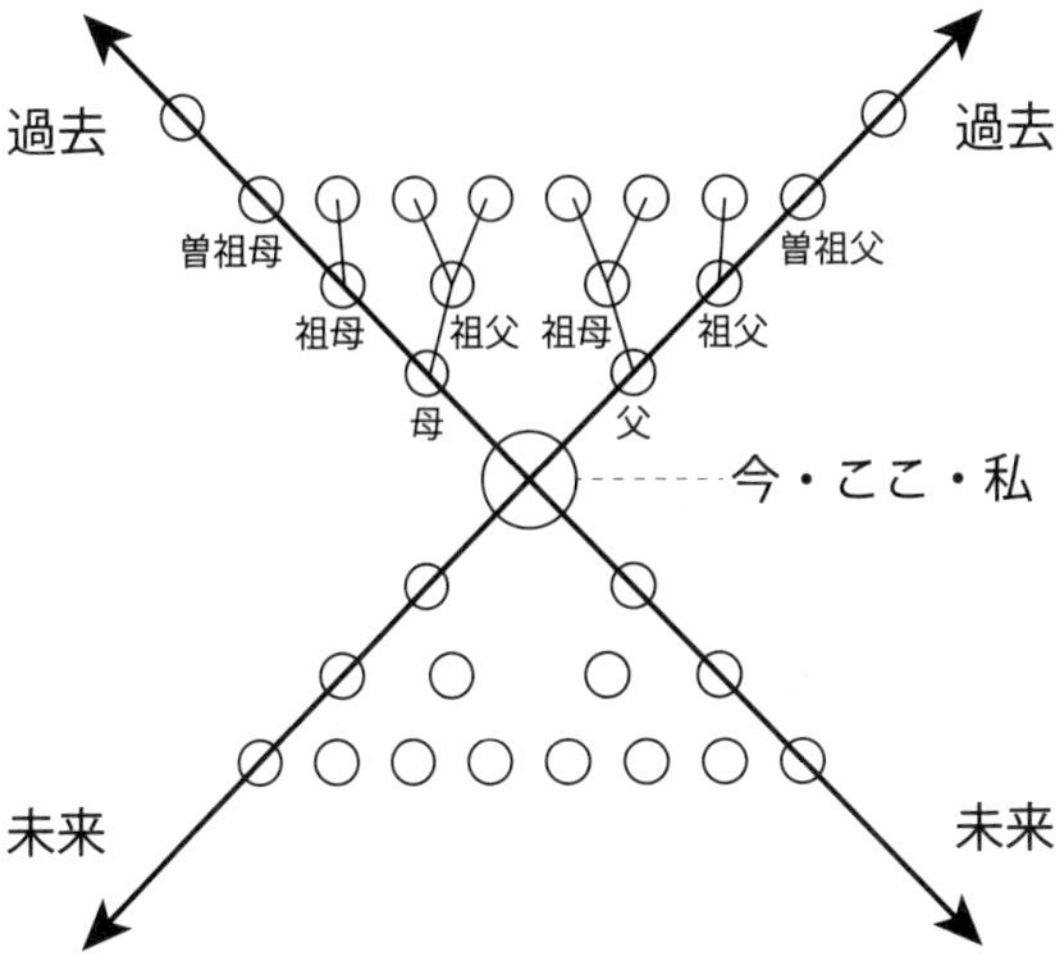

この図を見ている限り、過去の人々がねずみ算式にものすごい人口になってしまいます。もちろん、当時そんなに人がいたわけではなく、祖先の数には限りがあります。

例えば、いとこ同士で生まれた人は、おじいちゃんとおばあちゃんの数は八人ではなく六人になります。昔は血縁関係の遠い近いの差はあれ親類同士の結婚を繰り返していました。したがって「人類皆兄弟」とまでいかなくても私達全員が血の繋がった親類であることは容易に予想できます。

（参考文献『遺伝子は35億年の夢を見る』斉藤成也、大和書房）

「過去から未来へ流れるエネルギー」と「未来から過去に流れるエネルギー」

そして「今」というのは、一瞬で過去になります。

つまり、今　今　今　今　今で、ある意味みぃーんな「今」で、その一瞬で過去になる「今」を、ちゃんと生きることが、過去の人々を癒すことになり、未来を創造していくことになります。


「今・ここ・現在」が一番エネルギーが強い、ということです。

「今を生きる」とはこのこと。

「過去も未来も同時存在している今を生きる」ことが大きな意味での先祖供養になります。

これを知った時、私はクラクラして、宇宙に放り出されたような感覚になりました。

私、私と思ってきた存在の連続性。

これを幾何学的に見ると、図のようになります。

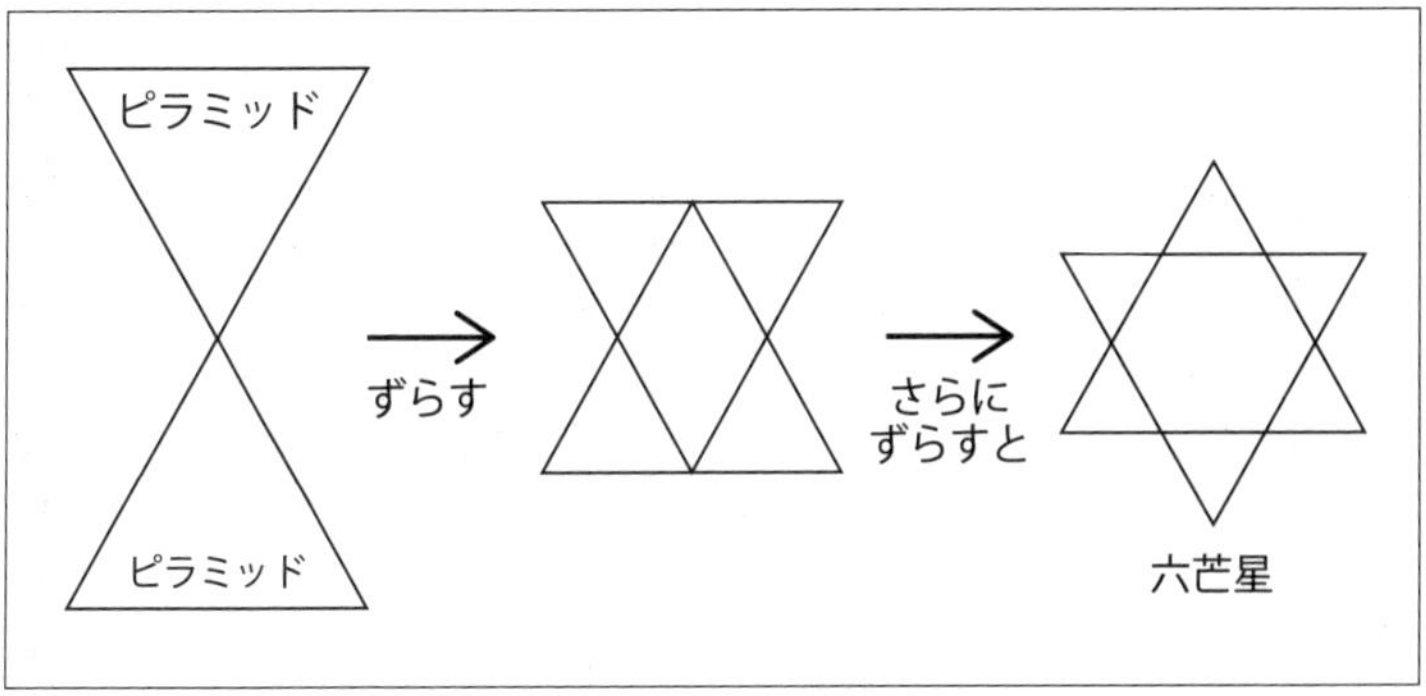

これを**「六芒星」**と呼びます。

正三角形と逆正三角形
陰と陽
男と女
プラスとマイナス
太陽と月
天と地

《すごいエネルギーがある形》

過去を憂うことなく、未来に不安を持つことなく、今にいること、今を生きること。

一人ひとりがこれをやればよいってことですね。

《なんて素敵な先祖供養!!》

④地球、このドラマチックでせつない星

当たり前のようですが、本当に父母は何一つ持たずに、この世を旅立っていきました。この世で得たすべての物たちは全部借りもので（肉体さえも）、きれいにお返しして（っていうより全て残して）、身一つで旅立ちました。

持って帰れるのは、目には見えないけれど、魂、と呼ばれているものだけ……。魂の宿題として、自ら持ち越してきた課題（ご先祖様から持ち越してきた課題）を、一つひとつ手放してクリーニングして、本来の輝きに戻って帰っていく。それだけ……。

人はオギャァ～！　と生まれたその日から、一人ひとり、もれなく「死」に向って歩きはじめます。

借りものの肉体はいつかお返しするものなのに、私は、「死なないように」と、そこに予防線を張って生きてきた気がします。生存を第一に生きているかぎり、すべての不安・怖れが生まれてきて当然ですね。

「恐れ」の原点は突き詰めると、「死」であると言えます。
ならばこの「死」をどうとらえるか？ですべてが変わると思いませんか？
仏陀《ぶっだ》は、人の逃れられない苦しみを四つに大別しました。

「生」・「老」・「病」・「死」、

地球にいる限り、生と死はワンセット。

もれなく体験するであろういろいろな出来事を、逃げないで、しっかり味わって、クリアしていく。
期間限定の地球上での生命を使い切って生きる、ということでしょうか？

何があっても大丈夫!!
仏陀は苦しみ、という言葉を使用していますが、あなたはこれを、どうとらえますか？
と問われている気がします。

⑤空海のおさづけ

「お天道さまが見ているよ!」

この言葉は、おばあちゃんがよく言っていたとか、母が何度も言っていた、とかそういう具体的な例は何一つないのですが、私の中では、おばあちゃんがよく言っていた、と思い込んでいるような、何度となく頭の中をリピートしている言葉でした。

表向きを繕《つくろ》って生きていた私には、耳が痛い言葉だったのでしょうが、この言葉は、私に、実家の片づけを強く勧めてくれたお坊さんが教えてくれた、「空海のおさづけ」に繋がっていきました。

その一部をここに記させていただきます。

『御宝前《ごほうぜん》に両手を合せ、口に唱名念佛《しょうみょうねんぶつ》するのみが、身語正《しんごしょう》の信心《しんじん》にあらず、

また瀧《たき》にかかるのみが行《ぎょう》にあらず、
日々《にちにち》さずかるお仕事《しごと》は大小上下によらず之佛様《これほとけさま》より授《さず》かりたる菩薩《ぼさつ》の浄行《じょうぎょう》なりと悟《さと》り、
一事一物《いちじいちぶつ》に対しても、報恩感謝《ほうおんかんしゃ》の念《ねん》を以《もっ》て精進努力《しょうじんどりょく》する之即《これすなわ》ち身語正行者《しんごしょうぎょうしゃ》、
真《まこと》の菩薩《ぼさつ》なり。』

⑥原点回帰とは？

私がこの地味で私的な体験を、書こう！と思ったキッカケは、実家の片づけの中で出てきた子どもの頃の日記（のようなもの）に、「いつか本を書く気がする！」と書いてあったことでした。

「人生に迷ったら、子どもの頃を思い出してごらん！ そこに答えがあるから」

「三つ子の魂、百まで」書いたのは三才ではなく、小学校一年くらいでしたが、過去の「無邪気」な私が、未来の「邪気だらけ」の私のところにすでにやってきていて、私の耳元でささやいていたのかもしれません。

「今、書きなさぁ〜い！」って。

そんなふうに「過去」と「未来」は「今」ここにいる私の中に同時存在しているものなのかもしれません。（ドラえもんの「どこでもドア」「たたみのタイムマシーン」を思い出します。息子と一緒によく見ていた）

もっと遡《さかのぼ》って胎児の頃の記憶は、残念ながらありませんが、お母さんが妊娠二、三ヵ月の頃、「あの人のおなかに入ろう！」と見定めて魂が入る、と聞きました。

自らの魂の成長に必要な体験がもれなくできるDNAを選んでいるとしたら……。

今、自分の人生に起きていることはすべて必要な体験であり、どんなにつらい体験でも「すべてはうまくいっている！」ってことです。

そうやって自分の身におきたことに、一つひとつ向き合い、どんなに想定外なことでも逃げずに受け入れて対処する。

この対処のしかたは人それぞれ……。決まりはありません。

オーダーメイドでいいんです。

私は、「オーダーメイドでいいんだ！」って本当に思えた時、深ーくホッとしました。

「あっ、それならできる！」って。あえてリスクを選んでいる魂もあるわけですから、出発地点が一人ひとり違うんです。

個々の細胞（遺伝子）に引き継がれ記録されているもの、それは自らを縛り付けている思考や体の使い方のクセになって現れているので、それを解放していくこと。

これはどんなにキツい、と思われても決然として自分でクリアしなければなりません。

「偏りがない（ニュートラルな）私」

原点回帰の本質はここにありました。

魂に貼り付いた黒い汚れを粛々と磨いていく。

そしてキラキラ光り輝く、産まれたての赤ちゃんのような魂に近づいていく。

ここからが本当の進化の始まり。

ドクダミの力を借りましょうか？（笑）

⑦父母を通して受け取った贈り物

ちょっとクセものだけど、溜まっている邪気を流してくれる薬草、「ドクダミ」の導きによって始まった実家片づけ奮闘記ですが、最終的にこんなギフトを受け取りました。

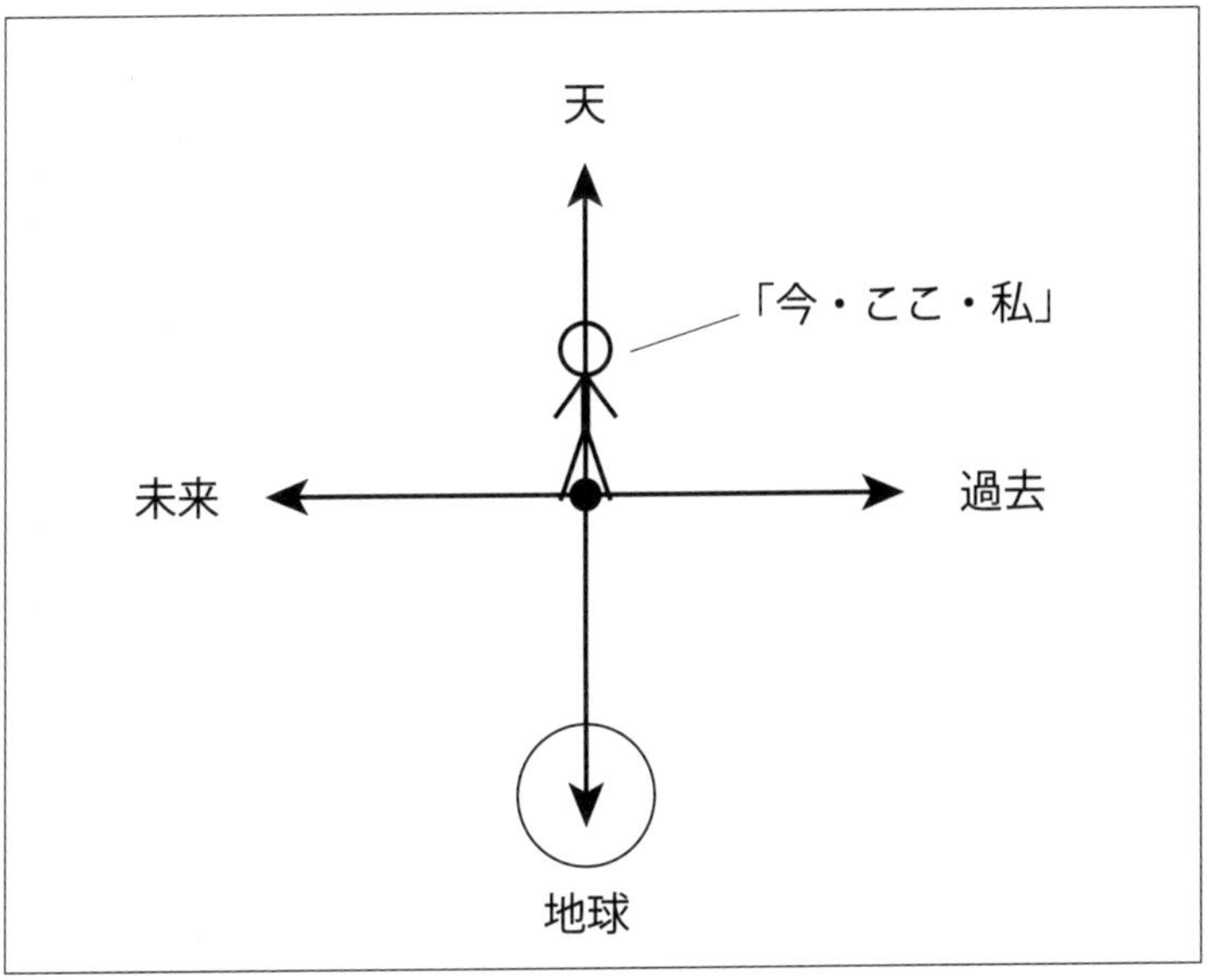

横ライン（肉体意識）……過去のご先祖様の痛み、苦しみ、悲しみ、怒りなどを供養することは、自身の中に流れているDNAをクリーニングすることである。余計な想念、心のクセ、体のクセに気づいて手放していくこと。

縦ライン（魂意識）……地球のエネルギーと宇宙のエネルギーを中和させること。

松果体を活性化させて、天なるものを地にならしめる。

人の体はエネルギーの通り道

みんな一人一人、《今・ここ・私》のところに立っている!!

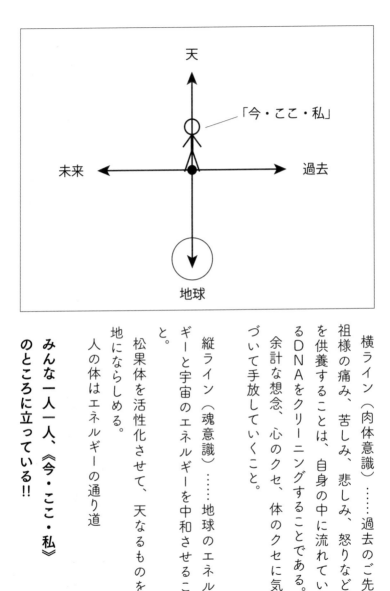

で、今の私は日々精進中!!

体の痛みとか、落ちない思い込みに、私って何て業が深いんだろう!? なんて思いつつ……。

エピローグ

「見なかったことにしよう。」 パタン!!

と扉を閉めていた、かつての私の家。

《ドクダミ》というアクの強い植物に導かれて、
「ただ片づける」という、
とことん私的で地味なお話に最後までお付き合いいただきまして、ありがとうございました。

実家を片づけながら、私は、自分の中の重たい荷物を一つひとつ、降ろしてきました。

縛りつけられた感が解き放たれたり、
頭の中がスッキリしてきたり、

胸の中に、暖かいものが流れ込んできたり、
頭上がスーッと抜けてきたり……

これは明らかに、父母が解き放つことができないまま旅立っていったものが、私を通して「解き放たれた」ということです。

すごいことです。


やってみて初めてわかる、実家片づけの効用。

「たかが実家の片づけ、されど実家の片づけ」

父母他界後でしたが、ギリギリセーフの親孝行。

そして、大きな意味での先祖供養でした。

親子というのは不思議なものです。

夏の夜空、天の河で輝く夏の大三角形

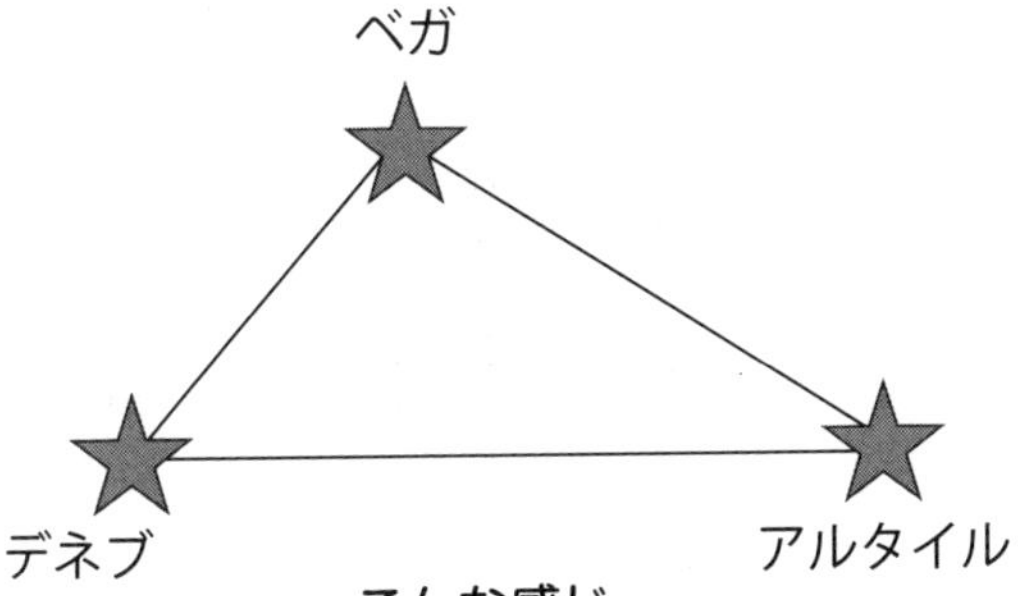

こんな感じ

こと座α星のベガ（織姫）→母
わし座α星のアルタイル（彦星）→父
はくちょう座α星のデネブ（カササギ）→私
やはり私は「接着剤」ですね

考えてみれば、別の魂が、同じDNAの鎖の中に入って来るのですから、きしんで当然！　とも言えます。

片づけはじめたのが、三年前の二〇一五年。
書きはじめたのが、二年前。

ちょっと前のエネルギーで書いているので、今読むと、違和感があるところは多々あるのですが、それはそれでそのまま載せさせていただきました。

あれから地球は、地震、火山の爆発、大豪雨、大洪水、大寒波に大熱波、台風の頻発など、冬はとにかく寒く、夏はひたすら暑い、という二極化に向かってひた走っています。
大好きだった心地よい季節、春と秋は、あっという間に退場するようになってしまいました。

ほんの三年くらいの間ですが、地球環境は、より危機感を伴ったものになっています。
このまま人々が片側だけを追いかけ、二元性の社会が進んでいくと、地球はより過酷な自然を突きつけてくることでしょう。

今こそ、一人ひとりが、自分の中の戦いから降りる時がやってきました!


自分の足元から、できるところから、着手するだけでよいでのです。

一人ひとりの原点回帰が、新たな未来につながっていくのだと、私は思います。


最後になりましたが、実家の片づけを強く勧めてくださった、真言宗で得度なさった覚浄さんに、心より感謝申し上げます。

そして細かい遺品の仕分けを快く引き受けてくださった(株)エコライフサービスの浅井優太様、解体作業を請け負ってくださった(株)オアシスの田村義哲様に心から感謝申し上げます。

皆さまのおかげで、実家片づけ奮闘記は無事完結いたしました。

また、出版までこぎつけてくださいました、今日の話題社の高橋秀和様に、心よりお礼申し上げます。

最後に、実家片づけ適齢期の皆さまに、

♡愛をこめて♡

二〇一八年秋　いくこ（下島郁子）

著者　いくこ

千葉県生まれ。歳の頃は、後期実家片づけ適齢期。小学生の時にバレエを習い始め、そこから踊りと舞台にはまる。ミュージカルを志し、故いずみたく氏主催のミュージカル劇団「フォーリーズ」を経て、オリジナルのミュージカルを作る劇団（MAWS）に所属していた。出産後、調整系のクラス中心に、スポーツクラブなどでインストラクターをしていた。好きなことは、「読み語り」「勝手に踊ること」
https://ameblo.jp/ageha698

地上《ちじょう》の天《あま》の河《がわ》
——私の実家片付け奮闘記——

2018年11月22日　初版第1刷発行

著　者　いくこ

組　版　細谷毅（HODO）

発行者　高橋　秀和
発行所　今日《こんにち》の話題社《わだいしゃ》
東京都品川区平塚2-1-16　KKビル5F
TEL 03-3782-5231　FAX 03-3785-0882

印　刷　平文社
製　本　難波製本

ISBN978-4-87565-642-5　C0011